NARRATIVAS DO MEDO 3

MÁRCIO BENJAMIN
GERALDO DE FRAGA
ALEXANDRE CALLARI
PAUL RICHARD UGO
RODRIGO DE OLIVEIRA
PETTER BAIESTORF
FELIPE FOLGOSI
TIAGO TOY
OSCAR NESTAREZ
FÁBIO FERNANDES
KAPEL FURMAN
DUDA FALCÃO
VITOR ABDALA

Copyright © Márcio Benjamin, Geraldo de Fraga, Alexandre Callari, Paul Richard Ugo, Rodrigo de Oliveira, Petter Baiestorf, Felipe Folgosi, Tiago Toy, Oscar Nestarez, Fábio Fernandes, Kapel Furman, Duda Falcão e Vitor Abdala.

Todos os direitos desta edição reservados à AVEC Editora.
Nenhuma parte desta publicação poderá ser reproduzida, seja por meios mecânicos, eletrônicos ou em cópia reprográfica, sem autorização prévia da editora.

Publisher	*Artur Vecchi*
Organização e edição	*Vitor Abdala*
Ilustrações de capa e contos	*Marcel Bartholo*
Projeto Gráfico e diagramação	*Luciana Minuzzi*
Revisão	*Camila Villalba*
Imagens	*Freepik (lcd2020)*
Impressão	*Gráfica Odisséia*

A 135
  Narrativas do medo : v. 3 / organizado por Vitor Abdala. – Porto Alegre: Avec, 2021. --
    (Narrativas do Medo; 3)
    Vários autores.
    ISBN 978-65-86099-77-5
      1.Ficção brasileira   2. Antologias   I. Abdala, Vitor   II. Série
                                                              CDD 869.93

Índice para catálogo sistemático:
1.Ficção : Literatura brasileira 869.93

Ficha catalográfica elaborada por Ana Lucia Merege CRB-7 4667

1ª edição, 2021
Impresso no Brasil / Printed in Brazil

⌂ Caixa postal 7501
   CEP 90430 - 970
   Porto Alegre - RS
⊕ www.aveceditora.com.br
✉ contato@aveceditora.com.br
◉ @aveceditora

ÍNDICE

* 7 *
Mar de Lua
Márcio Benjamin

* 13 *
Mr. Orange
Geraldo de Fraga

* 21 *
Súcubo
Alexandre Callari

* 37 *
A múmia do Imperador
Paul Richard Ugo

* 61 *
Chupacabras
Rodrigo de Oliveira

* 75 *
Iara – A sereia do Pantanal
Petter Baiestorf

* 81 *
Non plus ultra
Felipe Folgosi

* 97 *
E o que você fez?
Tiago Toy

* 105 *
A Caminho de Lídia
Oscar Nestarez

* 115 *
Florença e a máquina
Fábio Fernandes

* 123 *
A Mão
Kapel Furman

* 129 *
Os crimes de Dez Pras Duas
Duda Falcão

* 143 *
Balas Perdidas
Vitor Abdala

MÁRCIO BENJAMIN, natalense do Rio Grande do Norte de 41 anos, formado como advogado. Autor de romances e livros de contos folclóricos (*Maldito Sertão, Fome* e *Agouro*). Figura tarimbada em projetos do Sesc (Arte da Palavra, Mostra Sesc de Culturas, Flipelô), representou o Estado em Feiras Nacionais (Bienal do Livro do Ceará) e Internacionais (Primavera Literária de Paris e Nova York e Feira do Livro de Paris). É roteirista de webséries (*Flores de Plástico, Holísticos, Dê seus pulos* e *As Primas*), curtas (*Erva Botão, Linha de Trem* e *Pela Última Vez*), e longas-metragens (*Quebrando o Gelo* e *Fome*). Recentemente assinou contrato com a DarkSide Books por meio da qual lançará novos livros nos próximos anos.

Mar de Lua

Márcio Benjamin

Para Tica

Acostumada a trazer pra beira d'água cação e sargaço, conchas e saco plástico, a maré naquele dia se cansou.
E despejou na areia o que sobrou de Sebastião.
Já branco e meio inchado de água, andava jogado de qualquer jeito, comido de peixe, com a barriga aberta e vazia de tudo, igualzinho ele fazia com o seu pescado.
Mas Sebastião usava uma faca, cega de vez em quando. E quem fez aquilo usou as mãos, ou as patas. Que Deus me perdoe, mas foi coisa de gente não.
O velho não foi o primeiro, mas foi o último. O último morto do povoado até que alguém tomasse as providências.

Já faz um tempo. Era noite alta já. Dizem que Da Guia tentava costurar as camisas velhas do marido com a luz da lamparina quando escutou as galinhas perturbadas no quintal. Quem cria galinha sabe que aquilo é um bicho agoniado mesmo, não adianta se alarmar por qualquer confusão.

Foi o que ela pensou antes de apagar a chama com um sopro e se deitar.

No outro dia acordou agoniada, com uma aflição no peito, sem coragem de ir no quintal.

Mas se levantou de pronto com o grito do marido por Deus.

Nem bem chegou na porta...

O galinheiro era um amontoado de madeira e pena, só o senhor vendo. Banhadas, lavadas em sangue. As galinhas todas, todinhas, espalhadas pela metade, pisadas, na areia daquele chão sujo.

Aquele foi o começo. Porque dali a uma semana, seu Antônio dos porcos, escutou uma zuada no curral. Quem cria porco sabe que aquilo é um bicho calmo, não se alarma por qualquer confusão.

Seu Antônio diz a ninguém não, mas ele olhou no olho da imagem de Nossa Senhora dos Navegantes pregada na parede e ela disse que ele não se mexesse da cama.

Porque do lado de fora se espalhou um uivo que não era de cachorro nem de raposa.

E foi assim. Começaram dando falta de galinhas, depois porcos, cachorros e, por fim, gente.

A primeira foi Dora, meio fraca do juízo, que andava mendigando por peixe e dormia na areia, mas não perturbava ninguém não, coitada.

Encontraram no outro dia, com um olhar de terror no rosto que ninguém, ninguém que viu os pedaços do corpo vai esquecer, ainda que viva pra sempre. Na noite em que morreu, os berros correram por tudo quanto era rua, mas a gente, acostumados aos repentes da doida, deu muita trela não.

Até que fomos encontrando os pedaços pela areia.

O senhor já encontrou o pé de alguém, assim, indo e vindo na onda do mar?

Eu já.

Aquilo alarmouse de um jeito. Só o senhor vendo.

Juntaram os homens todos e correram a praia de alto a baixo em busca de uma resposta. Acharam foi nada.

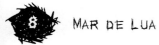 MAR DE LUA

Até que se meteram dentro d'água e trouxeram um cação meio grande. Disseram que tinha uma mão de mulher dentro da barriga do bicho.

Entre os que viram que não era e os que não viram que era, aceitaram que o peixe tinha comido Dora, porque a gente quando quer acreditar nas coisas, não tem quem faça, é tiro e queda.

Dali pra frente tudo se acalmou num susto, naquela tranquilidade que sempre aparece antes das desgraças. Compraram mais galinha, mais porco, e vez por outra alguém sentia falta de Dora. Até que ela foi esquecida, junto com a história.

Mas a lua grande chegou, trazendo peixe, trazendo água.

A lua grande chegou, levando o menino de Conceição.

Foi um susto, um momento de noite em que ela entrou pra buscar o mingau. E acabouse o menino.

Os restos do inocente foram achados dali a uns dias. Mastigados por cachorros já quase lá pra dentro da mata.

O marido de Conceição matou os cachorros.

E Conceição se perdeu no mar, pra nunca mais voltar.

Dali, a cidade parece que enlouqueceu. Todo mundo se juntou na praça da televisão e decidiu ficar acordado esperando o bicho aparecer, rondando atrás de alguma pista.

Mas o bicho era esperto, doutor.

Era passando os dias e o aperreio crescendo. O povo se recolhia já de tardinha, com medo de perder seus parentes.

Qualquer nadinha era castigado.

Que o diga seu Pedro, coitado, recluso que nem uma freira; amarelo, com aquelas unhas grandes de tocar violão, se lembra? Pagou com a vida a tísica. Diz que levaram pra um passeio de jangada e foi sangrado sem pena. Jogado pra dentro d'água, teve a chance sim de nadar até a beirinha, mas quem disse? Mar aberto e sangue. Desse, sobraram nem os ossos.

O mais engraçado é que no meio daquela desgraça, as pessoas, nem as mais velhas, se apercebiam. Ninguém prestava atenção na luz amarela que cobria quase todo o céu.

Até que se encontraram.

Foi sexta-feira, agorinha. Deu uma doida no prefeito e ele achou melhor não adiar a festa da padroeira. O povo, com medo sim, mas cansado também de tanta morte e precisando da ajuda da santa, aceitou.

MÁRCIO BENJAMIN

E por sete dias tudo voltou ao que era. Um festival de bandeiras, vestido novo, missa; parecia que o Satanás nunca tinha colocado as patas no povoado.

Até o último dia.

O senhor sabe como é essa coisa de bebida, doutor. Um golinho vira dois e uma garrafa vira água. O povo vai amolecendo e deixando o medo, banhado em cachaça, ir embora pra bem longe.

E alguém teve a ideia de levar a festa da praça pra beira do mar. Aquele mesmo mar que levou tanta gente.

E o pior é que não aceitaram?

Num momento as barraquinhas, as bandeiras coloridas e os carros de som tavam tudinho pra beira d'água

E se dançou, se festejou. Até a boca da noite.

Foi quando alguém viu um cachorro preto de longe, numa agonia danada, vindo desembestado.

O som tava alto, mas o peso do bicho era tão grande, e o seu ódio tão firme, que se ouviu tudo.

Se ouviu, mas o que faltou foi o tempo de correr.

Num instante tava no meio da festa.

Endemoniado, doutor, voou pra cima de quem podia. Pegou primeiro foi a filha do vereador, de uma dentada só. A gente podia ouvir a zuada do osso quebrando, espirrando sangue o corpinho, cada vez que o danado sacudia aquele monte de carne que já foi a menina.

Os homens que sobraram ainda atiraram, mas foi pior, porque o bicho pegou um por um. Sem pressa. Os que correram e os que ficaram, foram tudo parar no bucho do danado...

Desses só sobrei eu, doutor, que fiquei em pé mesmo com as pernas tremendo. Esperei o bicho comer de um a um. O senhor já ouviu uma pessoa pedindo pra não morrer? O senhor já viu o medo que a pessoa fica no olho?

Eu já, doutor.

Depois de rasgar todo mundo, parou mesmo em minha frente. Eu ainda escutava o povo gemendo em pedaços na beira da praia, misturado com aquele abafado do barulho das ondas do mar.

Meu Deus, doutor.

Voou pra cima de mim, mas eu tive tempo de fazer o que eu vinha preparando fazia era tempo.

E joguei a roupa dele na fogueira. A roupa véia que ele abandonou quando ainda não era bicho.

 MAR DE LUA

Foi o pano estalar na fogueira e ele voltar a ser gente.

Bem devagarinho, doutor, como fosse assim uma pessoa fazendo uma panela de barro. Se eu contar o senhor não crê.

E o olhar, lhe digo, era mais triste ainda.

Ainda mais pra mim, mãe de sete, doutor.

Sete com ele.

Ajoelhado em minha frente o bichinho tava cansado, doutor, só você vendo.

E que mãe aguenta ver o seu menino assim?

Foi culpa dele não, doutor, acredite em mim. Foi não.

"Tu quer?", ele perguntou mermo assim pra mim.

E que mãe, doutor, que mãe deixa o filho sofrer, eu pergunto ao senhor em nome de Jesus.

Eu disse que queria, queria sim.

Que mãe ia dizer não se pudesse ficar pra ela com um sofrimento do filho?

O senhor não soube porque andava longe. Estudando, néra? Tenho certeza que não lhe contaram assim.

E é por isso que eu tô aqui, doutor, vim ficar na delegacia com o senhor. Nessa cela aí do fundo.

Peço em nome de sua mãe morta, Zezinho. Quem pede é a mulher que te viu nascer, que te fez nascer, menino!

Pode me trancar e jogar a chave.

Porque hoje é noite de lua.

E eu acordei com uma sede, com uma fome, que não tem comida que acalme.

GERALDO DE FRAGA nasceu no Recife, é jornalista, escritor e autor dos livros de contos *Histórias que nos Sangram* (2009) e *Medos Aleatórios* (2018). Também participou de coletâneas do site *O Recife Assombrado* e das antologias *Narrativas do Medo* e *A Maior Cidade Pequena do Mundo em Linha Reta*. Geraldo também integra a equipe do programa de rádio Toca o Terror, sobre obras do gênero, e foi argumentista da série de horror brasileira *Suplicium*, exibida em 2021.

MR. ORANGE

Geraldo de Fraga

Nas últimas semanas, Otávio estava ficando até mais tarde no consultório. Além do número de atendimentos ter aumentado consideravelmente após ele conceder entrevistas a três jornais e ser capa de uma revista especializada, ainda estava preparando o material que apresentaria em um congresso em São Paulo.

Era o preço da fama. Ele já estava até pensando em contratar mais funcionários e se dedicar exclusivamente às suas pesquisas.

Olhou para o relógio em forma de cachorro que ficava em cima do computador. Onze e meia da noite. Só então se lembrou que não avisara à esposa que não iria chegar a tempo para o jantar.

— Alô, querida. Sou eu.

— Eu sei — respondeu ela. E em seguida bocejou.

— Ainda estou aqui — ele disse.

— Eu guardei lasanha pra você. Só precisa esquentar quando chegar.

— Obrigado, querida.
— De nada, doutor — respondeu ela, rindo. — Tomou seu remédio?
— Tomei, sim. Eu te amo.
— Não demore muito.

Mentiras. Sua amante o esperava num restaurante japonês do outro lado da cidade. Ele também não tinha tomado o remédio. Havia esquecido. O envelope continuava dentro da gaveta desde a manhã. Pílulas de nitroglicerina, para tratamento de angina.

Otávio ligou para o porteiro do prédio, mas ele não atendeu ao interfone. Precisava que desligassem o alarme da garagem para que pudesse sair. Ele era o único locatário que ainda continuava no prédio. Ligou mais duas vezes e nada. Então, arrumou sua pasta e foi embora.

A porta do elevador abriu quando chegou na garagem. Otávio não poderia sair, ou os sensores iriam fazer o alarme soar.

— Raimundo — gritou ele.

Ninguém respondeu. Ele decidiu sair assim mesmo. Assim que pôs os pés do lado de fora, abaixou a cabeça e fechou os olhos, esperando ouvir um barulho ensurdecedor. Ele já tinha ouvido uma vez e era realmente um som alto e desagradável.

Mas o alarme não disparou. Otávio ergueu a cabeça e olhou em todas as direções, ainda procurando o porteiro. Nada. Então, deu de ombros e seguiu.

Quando entrou no carro, tirou seu jaleco e o jogou, junto de sua pasta, no banco do carona. Assim que pôs a chave na ignição, as portas de trás se abriram. Dois homens haviam entrado.

— Tenho uma arma apontada pra você. Qualquer gracinha e suas tripas vão colorir o para-brisa — disse o cara que estava bem atrás dele.

Otávio podia sentir o cano em suas costas. Era uma arma grande, pensou ele.

— Eu tenho dinheiro e celular — falou.
— Só dirija — disse o outro homem.

Otávio deu a partida e seguiu devagar até a rampa que dava acesso à rua. Lá, na subida, havia um terceiro homem. Um sujeito branco, alto e forte. Tinha cabelos pretos na altura do ombro. Raimundo estava caído ao lado dele. O homem fez sinal para que Otávio parasse o carro e, então, entrou e sentouse no banco do carona, após jogar o jaleco e a pasta no chão do veículo.

— Pegue a avenida principal em direção ao viaduto — disse o homem.

— Eu tenho dinheiro. Pode levar tudo — disse Otávio. Estava suando e tremendo.

Nenhum deles respondeu. Otávio pegou o trajeto ordenado. Dirigiu durante cinco minutos de total silêncio.

— Pegue o viaduto, doutor — disse o homem no banco de carona.

— Eu tenho dinheiro aqui. Já disse.

— Está me irritando, doutor — disse o homem atrás dele, pressionando ainda mais o cano no banco do motorista.

O sujeito do carona acendeu um cigarro.

— Certo, doutor. Estamos chegando.

Otávio sentiu uma dor no peito e se lembrou que seu remédio continuava na gaveta do consultório.

— Um dos nossos amigos foi baleado agora há pouco. Não podemos levá-lo a um hospital. Você vai ter que operá-lo.

Otávio teria gritado se a dor não tivesse aumentado e feito ele gemer. Levou a mão ao peito. Desacelerou o automóvel.

— Não posso — disse ele, em voz baixa.

— Claro que pode. Abrimos a mala do seu carro antes de você chegar e vimos que seus instrumentos estão todos lá — falou um dos homens no banco de trás.

— Não é isso. Eu não sou médico, porra — enfim, conseguiu falar. — Eu sou veterinário.

— Sabemos — disse o homem com a arma. — Dirija.

Chegaram a uma área onde havia alguns armazéns abandonados. Otávio desceu do carro cambaleando. O homem do banco do carona o segurou.

— Qual o problema, doutor?

— Meu remédio. Sofro do coração.

— White, vem cá.

O homem que antes estava no banco de trás se aproximou. Só então Otávio notou que ele não carregava uma arma. Era um secador de cabelos.

— Pegue o carro e vá comprar os remédios do doutor. Ele não pode operar assim. Qual é o remédio?

— Não posso operar assim nem de jeito nenhum. Sou veterinário, já disse.

— Qual o remédio, doutor? — perguntou de novo.

GERALDO DE FRAGA

— Pílulas de nitroglicerina — respondeu ele, gemendo. A dor tinha aumentado.

O homem chamado White entrou no carro e partiu. Os outros dois levaram Otávio para dentro do armazém e o colocaram em uma cadeira. Ele folgou a gravata e desabotoou o primeiro botão da camisa. Os homens deixaram-no descansar por uns cinco minutos.

— Tudo bem, doutor. Meu nome é Blue e o do meu amigo é Blonde — disse o homem que antes estava no banco do carona.

— Isso são nomes mesmo? — perguntou Otávio, erguendo a sobrancelha.

Dentro do armazém havia uma porta que dava para os fundos. Alguns sons vinham de lá.

— São de um filme. Você não pode saber nossos nomes verdadeiros.

— Me deixem ir. Não posso ajudar. Não posso operar seu amigo.

Os sons aumentaram. Otávio levantou-se.

— Isso foi um uivo? — perguntou ele, assustado.

De repente um som agudo cortou todo o galpão.

— Não, doutor, *isso* agora foi um uivo — respondeu Blue. — Venha conhecer seu paciente.

Os homens arrastaram Otávio pelos braços. Ele tentou se debater, mas seu peito doía e ele achou que fazer esforço seria pior.

Blonde abriu a porta. Entraram em uma sala mal iluminada. Das seis lâmpadas, só duas funcionavam.

Em um dos cantos, havia algumas sacolas de pano. O cheiro era insuportável para Otávio. Os outros não pareciam se incomodar. Nem com o odor nem com os sons emitidos pelo lobo enorme que estava amarrado numa mesa no centro da sala.

Otávio se soltou e correu para fora do lugar, gritando. White havia acabado de chegar.

— Já? Trouxe o remédio? — perguntou Blue, que vinha logo atrás de Otávio.

— Sim. Tem uma farmácia aqui perto — respondeu White, lhe entregando o envelope com as pílulas e uma garrafa de água mineral.

Otávio estava acocorado no canto da parede. Chorava compulsivamente e apertava o peito com a mão direita. Blue lhe deu o remédio, mas ele recusou a água. Pôs a pílula embaixo da língua e, enfim, relaxou. Então se sentou e esticou as pernas.

— O que é aquele bicho lá dentro? — perguntou ele.

MR. ORANGE

— Pense nele como um cachorro grande — respondeu Blue. — Ele está ferido e precisa ser operado.

— Não vou chegar perto daquele monstro. Vocês não podem me obrigar. Nenhum de vocês tem armas, só um secador de cabelos.

— É. Não temos armas, mas se você não colaborar eu solto o nosso amigo que está lá naquela mesa e ele vai pegar você. — O sorriso havia sumido do rosto de Blue.

— O que querem que eu faça? — perguntou Otávio.

— Tem uma bala alojada no peito dele. É só a extrair, antes que chegue ao coração.

Blonde se aproximou com a maleta de Otávio. Ele a pôs no colo e respirou fundo. A dor já estava passando.

— Vamos lá — disse e ergueu a mão para que Blue o ajudasse a se levantar.

A sala não era só mal iluminada, era muito suja também. Otávio teve que colocar sua maleta no chão imundo para retirar os instrumentos. Ele entregou o bisturi, a tesoura e a pinça para os homens e pediu para que eles passassem as chamas dos seus isqueiros nos objetos. Em seguida, tirou um pacote de gaze e colocou no bolso.

— Vai ser sem anestesia, a não ser que vocês tenham alguma droga aí.

— Não temos. Vai assim mesmo.

O lobo se contorcia e girava para um lado e para o outro. Seu peito estava todo melado de sangue. Otávio pediu a tesoura a um dos homens, mas, quando tocou no lobo, o animal avançou nele.

— Segurem esse bicho, pelo amor de Deus.

Os três puxaram o lobo pelo pescoço e viraram a cabeça dele para o outro lado. White enrolou um grande pedaço de fita adesiva ao redor do seu focinho. Blonde e Blue seguraram suas patas dianteiras, e só então Otávio conseguiu ver a ferida.

O sangue era escuro e cheirava mal. Ele precisou cortar os pelos. O ferimento não parava de sangrar. Otávio já tinha gastado mais de três metros de gaze para limpar o local. A pele por baixo da pelugem era muito branca.

— Pode ir, doutor. Ele aguenta — gritou Blue

Otávio fez um corte de trinta centímetros de cima a baixo, passando o bisturi por cima da ferida. O animal urrou, conseguiu partir a fita que segurava seu focinho e mais uma vez avançou no médico. Dessa vez, Otávio caiu. As luzes se apagaram, todas elas.

GERALDO DE FRAGA

No chão, às escuras, a única coisa que o cirurgião podia fazer era cobrir a cabeça com os braços. Dava para sentir o odor do bicho.

Quando as únicas duas lâmpadas voltaram a funcionar, os homens estavam segurando a fera de novo. Otávio levantou-se. Saía um pouco de fumaça de dentro do corte. O doutor afastou a carne com a mão esquerda e com a outra mão enfiou a pinça no buraco. Não foi difícil achar a bala, era ela que exalava a fumaça.

O objeto queimava a carne do animal. Quando Otávio a expeliu, o lobo uivou mais uma vez e amoleceu o corpo, esticando as patas e deitando a cabeça na mesa.

Blonde tomou a pinça da mão de Otávio e pegou a bala na ponta dos dedos.

— Eles sabiam que nós íamos roubar o carro-forte. Ou toda empresa de segurança usa bala de prata agora? — perguntou ele.

— Depois discutimos isso. Temos que ir agora — disse White.

— Por que a pressa? — perguntou Blue, com um sorriso no rosto.

— O doutor aqui fez um bom trabalho. Limpo e rápido.

— A polícia pode estar vindo para cá — falou White, coçando a cabeça. — É que naquela hora que eu fui buscar o remédio eu assaltei a farmácia.

A sala ficou em silêncio por alguns segundos. Blue caminhou até White, com a sobrancelha esquerda erguida.

— Acabamos de roubar um carro-forte. Por que você não pagou a porra do remédio em vez de roubar?

— Sei lá. Força do hábito, eu acho — respondeu White, com um sorriso amarelo, que se desfez logo em seguida, quando as sirenes começaram a soar.

Otávio estava sentado no chão, tentando se limpar do sangue do lobo. Nesse instante ficou com medo que os homens entrassem em desespero e fizessem uma loucura como, por exemplo, fazê-lo de refém. Mas nenhum dos três mostrou nervosismo.

Blonde e White pegaram duas sacolas cada um e as prenderam pelas alças com seus dentes. Blue caminhou até a mesa e pôs o corpo de um homem em seus braços. Otávio olhou espantado e confuso. De onde surgiu aquele homem e para onde havia ido o lobo?

Blue caminhou até ele, primeiro sorrindo, mas depois suspirou ao olhar o braço esquerdo do médico.

— Eu realmente não queria que isso tivesse acontecido. Voltaremos a nos ver e eu explico o que aconteceu — disse. — Talvez você

MR. ORANGE

possa ser o Mr. Orange. — Sorriu, sem muita confiança.

Sangue saía de um pequeno arranhão no antebraço de Otávio. Uma marca de dente, ele conhecia bem a mordida.

Além de ter sido rápido, Otávio teve medo, muito medo, e preferiu ficar a maior parte do tempo de olhos fechados. Mas ele viu, mesmo que por alguns segundos, os três homens se transformarem em lobos, iguais àquele que ele tinha operado minutos antes. Eles escalaram as paredes do armazém com suas garras e, em seguida, ganharam a noite arrombando o teto.

A polícia ainda estava lá fora, decidindo como entrar no local. Otávio colocou outra pílula embaixo da língua e deitou-se no chão sujo. Ficou pensando que história contaria à sua mulher. Pelo menos, se ela perguntasse se ele tinha tomado o remédio, ele não precisaria mentir.

GERALDO DE FRAGA

ALEXANDRE CALLARI, escritor, tradutor, editor e sócio-fundador da editora e canal de Youtube Pipoca & Nanquim. Entre diversas obras, é autor de *A Floresta das Árvores Retorcidas* e da trilogia *Apocalipse Zumbi*, além do livro *Evolução é uma Opção*, em que expõe uma filosofia de vida pessoal. Traduziu mais de 30 livros de temas diversos e centenas de histórias em quadrinhos para as maiores editoras do mercado. Foi coautor do roteiro do filme *Mata Negra*, do diretor Rodrigo Aragão, e já atuou na área de políticas públicas, na cidade de Araraquara, e como instrutor de defesa pessoal. Atualmente trabalha em sua primeira graphic novel, *Arena*, a ser lançada em 2021.

SÚCUBO

Alexandre Callari

É uma sala fechada, sem janelas ou móveis. Paredes espartanas, no reboco, iluminação moderada. A luz vem de uma única lâmpada amarela pendurada no teto e das várias velas brancas e grossas que se encontram enfileiradas nas laterais do cômodo. O chão é rústico, sem acabamento, direto no concreto.

César está sem camisa e descalço, vestindo apenas uma calça jeans esgarçada. Seu corpo suado brilha. Ele apanha um balde com água e sabão, uma escova e um esfregão e começa a limpar todo o cômodo de forma minuciosa. Esfrega com vigor o chão, cada canto, cada fresta das paredes e o teto. A água preta do balde é trocada repetidamente, despejada em um tanque que fica fora do cômodo. A ação é retomada de forma quase obsessiva.

Eu me rebaixei... me humilhei... dei meu sangue... e para quê?

A água preta é jogada fora. O cheiro de sabão não é agradável... é nauseabundo.

Vinte anos. Vinte anos perdidos...

Sombras trêmulas dançam nas paredes. As sombras de seus braços, de seu tronco, de suas pernas... mas elas não parecem corresponder ao corpo da qual se projetam. É quase como se tivessem ganhado vida e vontade próprias, mas, cada vez que ele desvia o olhar para elas, movido pela curiosidade de algo que quiçá tenha sido captado pelo canto da vista, nada vê de anormal. Será que aquilo o está afetando? Será que está perdendo a cabeça?

Vinte anos entregues. Eu cedi. Fiz concessões. Abri mão de meus planos.

Ele confirma que tudo está limpo, parado no centro do cômodo, com as mãos na cintura. Algumas velas se apagaram. Usa palha de madeira queimando para acendê-las novamente. Suor corre pela testa. Os braços tremem um pouco. Seria de esforço? Seria de... outra coisa? Nervoso? Medo? Ansiedade?

E aí? Depois de todos os sapos que engoli, das noites e dos finais de semana que comprometi, depois de todas as concessões, o que me restou?

Ele observa a palha queimar, a chama minúscula, porém poderosa, se aproximando da ponta de seus dedos, pinicando a princípio, ardendo a seguir, chamuscando enfim. Ele a deixa cair dentro do último balde de água suja.

Um aperto de mãos. Um "boa sorte". Um sorriso amarelo de um chefe com metade da minha idade e experiência.

César apanha um prego de cabeça grossa e o martela no chão, no centro do cômodo. Amarra um barbante de exatos dois metros no prego e prende um giz branco na outra extremidade. Com o barbante estendido, começa a traçar um círculo no chão, tomando cuidado para não permitir que o barbante afrouxe e a figura geométrica seja imperfeita. Tudo tem que ser exato, tudo tem que ser preciso. Não há espaço para erro. Ao terminar, diminui o barbante em um palmo, traçando um novo círculo dentro do anterior, de modo que fiquem dois círculos concêntricos.

Depois, foi a vez dela. O dinheiro minguou e... Coincidência? O amor minguou. Brigas, reclamações, cara feia, cobranças... De repente, você é lixo. De repente, você não serve mais. Trocado... como mobília... um chinelo velho.

César observa os círculos, satisfeito com o trabalho. Ele traz de outro cômodo uma lata de tinta branca e, com cuidado e usando um

pincel fino, pinta sobre as marcas de giz, reforçando os dois círculos de forma permanente. A operação milimétrica leva quase uma hora.

Perfeito. Tudo tem que ser perfeito.

Ao terminar, vem a parte mais delicada: os símbolos. A letra TAU é escrita quatro vezes, nos pontos cardeais. Entre o leste e sul, escreve o nome IHVH; entre sul e oeste, AHIH; entre oeste e norte, ELION; entre norte e leste, ELOAH.

É isso que se ganha no fim? Esse é o preço da fidelidade? Da dedicação?

Ele não vai admitir. Não está disposto. Há quem diga que a vida não tem sentido... Nesse caso, é preciso forçá-la a ter algum. Se você obriga a vida a te obedecer, ela não terá chance de se rebelar.

Na frente de cada letra TAU, desenha um pentagrama. Limpa o suor da testa com o antebraço. A tarefa, árdua e meticulosa, o consome. Precisa ser à mão livre... mas tem que ser perfeito. Perfeito...

Por que tenho de ser o único a pagar o pato? O único idiota? O único que sofre?

Ele se levanta e dá um suspiro. Está pronto

A ducha é quente e bem-vinda. César esfrega ferozmente os braços, pernas, mãos e peito. A água cai sobre seu pescoço, escaldando a pele. O vapor é tanto que as paredes desaparecem; por um instante, ele se sente acolhido por uma nuvem úmida e reconfortante.

César olha para o chão e observa a espuma descer pelo ralo.

Só eu dei o sangue. Então é isso... é hora de mais alguém dar.

Ele abre a porta do box; a pele vermelha por causa da água quente. Uma toalha de algodão branca o aguarda. Seca o corpo como imagina que os reis se sequem.

A sala está pronta.

O círculo perfeito traçado no chão.

Velas acesas, cada qual separada por uma distância milimetricamente medida.

Incenso queima em três pontos do cômodo.
César veste um manto branco de linho.
Eu me preparei. Me purifiquei. Um mês de abstinência sexual. Uma quinzena sem ações indignas. Sem mentir, sem dissimular...

Ele apanha um punhal que descansava num suporte metálico, bem diante do círculo, e o segura de forma ritualística. Olha para os lados, como se tivesse uma plateia. Talvez tenha... uma plateia que o aguarda do outro lado, seguindo com interesse e atenção cada um dos seus movimentos, curiosa para saber se ele levará à cabo suas intenções ou se ele se acovardará no final. Uma plateia que coexiste com ele, coexiste com todos nós, mas que não nos toca, apenas nos vê e escuta, sem poder interagir... até atravessar uma porta.

Uma semana limpando meu corpo de todos os químicos que o envenenam. Três dias de jejum. Tudo para que possam me escutar... escutar meu chamado... para que se sintam atraídos. Para que saibam que falo sério.

Ele segura a lâmina do punhal com a mão firme e começa a recitar o encanto.

— *Osurmy delmusan atalsloyim charu sihoa melany liamintho colehon paron madoin merloy bulerator.*

Alheio à dor, César move o punhal devagar e rasga a palma da mão num movimento contínuo. A ponta da lâmina traça uma reta escarlate de ponta a ponta, e o sangue escorre, pingando no chão, diante do círculo. A chama das velas se inclina, como se um vento estivesse sendo soprado dentro do cômodo. O mesmo ocorre com a fumaça dos incensos.

As portas estão se abrindo. Ele sente. Ele sabe.

— *Baniel verminas slevor noelma dorsamot omor beldor dragin. Venite... venite... venite!*

Súbito, as velas se apagam sozinhas. Rastros de fumaça sobem pelos pavios mortos. O ambiente fica mais escuro. Denso. Profano. César abre os olhos. O sangue escorre pela sua mão e pinga profusamente no chão. Ele olha ao redor. Nada.

Por um instante, sua vontade fraqueja e uma expressão de desânimo percorre suas feições. Teria dado errado? Nem aquilo ele conseguiria acertar? Depois de todo o esforço imputado, de toda diligência e resiliência?

Então, as sombras se movem. Não, não são sombras. Algo mais. Ele franze a testa e força a vista, tentando penetrar as trevas. O interior

do círculo parece o vácuo do espaço sideral; não apenas escuro, mas tomado por uma completa ausência de luz. Num paradoxo brutal, as marcas no chão feitas pela tinta persistem. Enfim, ele consegue discernir uma silhueta.

Sim, há uma forma dentro do círculo. Delgada. Sensual. A forma de uma mulher, seios voluptuosos adornados por mamilos grossos. Cabelos longos dançando por toda a extensão das costas e até as nádegas. Os dedos são finos e, apesar da escuridão, há expressividade neles. Os lábios da criatura se movem sem que ele possa ver. A voz que sai deles é masculina; grossa e aveludada, como a de um radialista.

— O que deseja, pequenino?

César dá um pulo para trás. É como se, apesar de tudo, de todos os seus esforços e desejos, não acreditasse de fato que o ritual funcionaria. Mas lá estava ela. Ele olha para o círculo traçado no chão, impecável. Olha novamente para a silhueta da criatura. Sente-se seguro.

— Quem é você?

— Sou aquela que você chamou. Torno a perguntar, o que deseja?

— Vingança!

A criatura gargalha. César sente-se constrangido, como se tivesse dito ou feito algo errado. Não... constrangido como se estivesse nu em uma sala cheia de gente. Todos o olhando, avaliando-o. Ele, sem saber se estão medindo o tamanho de seu pênis diminuto ou se estão censurando sua nudez. A pose de valente é uma fútil tentativa de impressionar, e ele a sustenta:

— Eu estou falando sério!

— Se for verdade, posso dar o que quer. Mas preciso de mais!

— Mais o quê?

A criatura dá um passo à frente. Não o bastante para que César possa vê-la com clareza, mas as curvas da silhueta ficam um pouco mais definidas. Há uma breve insinuação de feições na escuridão. Os cabelos parecem ruivos, talvez com algum adereço na cabeça. Os olhos reluzem brevemente, de modo quase imperceptível.

— Mais sangue! Magia é feita de sangue, pequenino.

Então, ela retorna para as trevas, desaparecendo na escuridão.

— Você... Eu... preciso de sangue... pra realizar a magia?

A criatura responde, mas, na metade da frase, sua voz se torna um murmúrio inaudível:

— Eu preciso de sangue para me...

— O que foi que você disse?

ALEXANDRE CALLARI

Não há resposta.
— Perguntei o que você disse!
— Disse que estarei aqui, pequenino... esperando.

César está ajoelhado no chão. O gato se contorce, rosna e tenta morder e arranhar, como se soubesse o que estava por vir, como se pressentisse. Um esparadrapo em volta da mão protege o local onde a lâmina tinha cortado.
Sangue... vida... ou morte.
Ele segura o animal com mais força. Por um instante, o gato para de se mexer; os olhares de ambos se cruzam, um olhando fundo a alma do outro. Num gesto mortificante, César torce o pescoço de uma só vez. O estalo ecoa na sala vazia, os sons finais do animal persistem na mente dele, como estertores.
Ele o segura pelo cangote, as patas inertes, o corpo flácido. Exibido como um troféu. O punhal é erguido e mergulha no peito do felino. O sangue verte, manchando o chão; um cordão de tripas fica pendurado, oscilando. Um pêndulo macabro.
César faz uma concha com a mão livre e recolhe o líquido. Quando ela está cheia, lava a parte inferior do rosto com o sangue. Um indígena preparando-se para o combate. O líquido vermelho escorre pelo seu peito e colo. De repente, César parece furioso. Com os olhos premidos, brada:
— É isso que você queria? É isso? Então toma aqui o seu sangue!
Ele joga o cadáver do animal dentro do círculo. As trevas continuam impenetráveis. Não há sinal de ninguém, nenhum movimento. Ele aguarda. Cada segundo se arrasta, trazendo consigo a insegurança. Será que ele fez alguma coisa errada? Será que interpretou mal o que lhe fora pedido. Sua petulância havia levado a melhor e, com ela, afugentara aquilo que tanto tinha lutado para encontrar?
— Você... ainda tá aí?
Não há resposta. César abaixa a cabeça, desolado. Leva a mão ensanguentada à testa. Continua ajoelhado no chão. Murmúrios escapam à revelia de seus lábios.
— Idiota... idiota... o que cê tá fazendo?
O odor do incenso é nauseante. A chama das velas continua a

queimar forte. Desolado, ele se levanta devagar e, indeciso, segue em direção à porta. Foi tudo em vão. Foi tudo um sonho. Então, prestes a sair, escuta aquela voz... máscula, grossa, sedutora, oriunda de lábios femininos.

— Mais...

Ele se vira para o círculo, agitado.

— O que você disse?

Não há resposta.

O bar está relativamente cheio. Em sua maioria, pessoas que param após o expediente para alguns momentos de relaxamento enquanto esperam o trânsito amainar. O ambiente é de descontração, muitas turmas reunidas. Ele crê que será difícil, bem difícil. Como vai se enturmar? Como vai conseguir o que quer sem chamar a atenção? Ele nunca foi desse tipo, nunca. Seus galanteios sempre foram acaso, muito mais do que conquista. Ele é um excluído; no fundo sabe disso. Sempre soube. Um incompetente. Mesmo assim, tem que tentar.

Ele beberica um copo de uísque, ligeiramente cabisbaixo. Não vai dar certo. Não vai dar certo. Todos aqui estão acompanhados. São todos grupinhos. Não vai dar certo.

Uma mulher aparece ao seu lado. Poderia ter se materializado. Loira, bonita, na casa dos 30 anos. Por que está conversando com ele?

— Com licença. Posso me sentar? — Uma mulher aparece ao seu lado. Poderia ter se materializado. Loira, bonita, na casa dos 30 anos. Por que está conversando com ele?

Uma pegadinha, só pode ser. Talvez uma aposta. Em instantes, ela voltará para seu grupo de amigas, logo após tê-lo humilhado, logo após tê-lo escrachado. Não é isso que todas fazem? Ele olha para ela com surpresa. Reflete alguns segundos e abre um sorriso falso.

— Claro. Sente-se.

— Obrigada.

Ela dá involuntariamente um sorriso na direção de uma mesa mais atrás. César acompanha seu olhar e vê outras três mulheres. Elas estão gargalhando e levantam copos de cerveja para ele. Algo que parece um alarme soa em seu peito, eriçando os pelos da nuca. Sua vontade é estapear a mulher.

ALEXANDRE CALLARI

— Suas amigas?
— Sim.
— E eu sou o quê? Algum tipo de aposta?
— Não. É só um cara com quem eu quis vir falar. — Ela pareceu sincera. Por um instante, ele se arrepende.
— Desculpa. Isso soou grosseiro. É que o dia foi longo.
— Tudo bem.
— Bebe alguma coisa?
— Uma caipirinha de abacaxi. De saquê. Meu nome é Laura. E o seu?
— César.
Ele faz um sinal para chamar o garçom.

A luz está apagada dentro da sala. As velas estão todas mortas. Tudo repousa no mais pleno silêncio. Então, a criatura escuta lá em cima a porta da rua se abrir e a animação de vozes. Satisfeita, emite um leve sibilar, como o de uma cobra. Seu olfato apurado capta o cheiro forte do álcool, do perfume adocicado que a mulher usa, da nicotina em seus dedos. Não demorará agora. Passos se aproximam e as vozes vão ficando mais altas.
— É aqui embaixo. Pode vir.
A porta é aberta e a luz se acende, seu brilho fraco amarelado banhando o amplo espaço vazio. César tira os sapatos, deixando-os de lado, antes de adentrar o cômodo. Laura entra logo a seguir, um pouco trôpega, rosto ruborizado por causa da bebida. Sorrisos calorosos, talvez esperando encontrar um ninho de amor. A expressão de alegria morre em seu rosto ao ver o círculo desenhado no chão e a sala envolvida pela penumbra. Mesmo ébria, ela sabe que algo está errado. Muito errado.
— Hã... olha, César... Eu meio que lembrei que tenho um compromisso amanhã bem cedo. Acho melhor ir nessa.
Enquanto fala, seu olhar corre por mais alguns detalhes da sala, demorando-se alguns segundos na marca de sangue do gato no chão. Apreensiva. Temerosa. Um erro. *Burra, burra, burra. Por que você foi fazer isso? Saia daí enquanto ainda pode.* Ele não diz nada, apenas começa a tirar a camisa.

— É sério. Se não se incomodar, já vou indo. — Ainda não há resposta. A expressão de César está séria, quase carrancuda. — Bom... tchau. A gente se fala.

Laura dá as costas e se prepara para ir embora.

— Espera.

Laura estanca e se vira. *Corra. Corra. Corra.* Cada fibra de seu ser grita, então por que ela não corre? Um pouco de decoro, talvez? Ninguém quer se passar por louca; afinal, ela foi até ali, se divertiu com ele até aquele momento esdrúxulo. Por que não lhe dar uma chance?

César vai até ela andando de forma despretensiosa. Vai ficar tudo bem... tudo bem.

De repente, sem aviso, ele vem... o golpe. Poderoso, firme, sem chance de defesa, direto contra o estômago. A jovem se dobra ao meio e vai ao chão tentando puxar o ar que foi subitamente arrancado de seu corpo, olhos esbugalhados, língua pendendo na boca, agarrando a barriga.

A expressão de César é inescrutável. Ele olha para as trevas impenetráveis. Elas parecem pulsar, quase vivas. Parecem sibilar. Parecem sorrir. Laura está chorando e ainda tentando encontrar ar.

— É isso que você quer? Já basta pra você?

As trevas permanecem mudas. Laura começa a engatinhar na direção da porta. Instinto de sobrevivência. Precisa sair dali. Talvez ainda exista uma chance. César a alcança com dois passos e a segura pelos cabelos, arrastando-a até a frente do círculo.

— É suficiente pra você?

Ele a sacode pelos cabelos, como se a exibisse. Um troféu. Finalmente Laura consegue gritar; sua voz é um estrondo, como um dique sendo rompido. O resultado é um tapa de mão aberta na lateral do rosto. Ela vai ao chão, os joelhos batem contra o concreto, as palmas raspam e as unhas se quebram. *Isso não está acontecendo.* A mente gira por causa da bebida, tentando encontrar sobriedade para reagir.

César dá dois passos até o canto do cômodo. Ele se abaixa e, súbito, suas mãos desembrulham um punhal, antes envolvido num tecido branco. A lâmina tem mais de um palmo de comprimento. Tendo seu senso de urgência despertado, Laura percebe que aquela é sua última chance. Uma arremetida. Isso a salvará. Ela se levanta e começa a correr; em sua mente, está correndo, chegando até a porta, subindo as escadas e abrindo a porta da frente enquanto grita alto para que toda a vizinhança escute que um maníaco vive ali. Leva alguns instantes para que perceba que não saiu do lugar, sendo segurada pelo punho.

ALEXANDRE CALLARI

Eu não vou morrer sem lutar. Não vou. Laura se vira e arranha o rosto do agressor, libertando-se da pegada. A unhada corta da testa à bochecha, deixando dois vergões vermelhos. Ele grita e a persegue. As trevas se comprimem. Há satisfação na apreciação da cena.

Os dois se engalfinham de forma feroz. Enfim, se aproveitando da força bruta superior, César arranca a mulher do chão; as pernas de Laura debatendo-se no ar, os gritos de pânico preenchendo o ambiente.

Não se entregue, não se entregue. Lute até o fim. Mas é difícil, muito difícil. Parte dela quer parar de se debater, quer que aquilo acabe rápido. O coração parece prestes a sair pela boca.

César a arrasta de volta para a frente do círculo e dá um soco direto no rosto dela, desacordando-a. O maxilar racha com um baque surdo, como o de uma casca de noz se quebrando. Laura cai mole no chão. A luta está acabada.

César olha para o círculo; metade dele continua envolta em trevas. Não há como voltar atrás disto. Não há. *Você chegou ao ponto sem retorno.*

As trevas sibilam, como se estivessem inchando, se expandindo. Ele segura Laura por debaixo dos braços e a põe numa posição sentada, posicionando-se atrás dela, ainda segurando-a com uma mão pelas axilas. O corpo está desmilinguido, incapaz de reagir.

Ele aguarda que as trevas deem a ordem, mas elas não o fazem.

Isto cabe apenas a você. A você e a mais ninguém. Você não está sendo obrigado a nada. A nada.

Mas ela foi tão legal com você. Seu interesse pareceu genuíno.

Você se rebaixou, se humilhou, se vendeu, e o que ganhou com isso? Ela faria o mesmo que todos os outros se tivesse chance. Pare de enrolar. Este é o ponto sem retorno. Não pode deixá-la ir. Agora é assunto de polícia, agora você é um criminoso. Então faça!

Ele leva o punhal à garganta de Laura. Após um segundo de hesitação, o sangue esguicha. Ele sente o líquido quente escorrer pela mão que segura a faca. Uma poça escarlate começa a se formar no chão, avançando mais e mais, até invadir o desenho do círculo.

Os segundos se congelam. César continua segurando o cadáver de Laura, as pernas se movem em espasmos, uma espuma vermelha borbulha da boca, acompanhando a vida que se esvai. Enfim, as trevas falam:

— Bom trabalho, pequenino...

— Agora basta? Vai me dar o que pedi?

— E o que seria?

— Já disse... Vingança.

— Vingança... *vindicare*... E contra quem é sua desforra, pequenino?

— Contra todos... todos que me desprezaram. Que me prejudicaram.

As trevas gargalham.

— Isso é muita gente.

A criatura dá um passo adiante, para fora das trevas. César engole em seco ao ver primeiro seu pé e depois a perna. A pele é branca como gesso, coberta de marcas que se parecem com tatuagens, símbolos que ele não consegue desvendar. Aos poucos, ela caminha para fora das trevas, desvelando-se, aos poucos, revelando sua beleza ferina e inebriante.

César arregala os olhos. A fala foge dos seus lábios. Suas mãos tremem e seu pênis pulsa, numa ereção tão poderosa quanto involuntária. Fora de hora, porém inevitável. Ele soube que estava de frente para um demônio... e teria dado tudo para possuí-la.

A criatura está nua; os cabelos ruivos, ardentes como fogo infernal, ondulando em suas costas. As tatuagens cobrem o corpo inteiro, ombros, costas, nádegas, pernas, pescoço, rosto. A pele é marmórea; um contraste com os grandes olhos pretos, sem pupilas. Ela usa um único adorno, uma espécie de coroa de heras secas e de espinhos. A criatura vê a ereção explodindo pela calça dele e sorri. *É tão fácil... tão fácil.*

César tenta se recompor. A poça de sangue no chão já avançou quase um metro para dentro do círculo. Laura jaz imóvel, caída sobre o braço estendido.

— Eu dei o que pediu. Agora cumpra sua parte!

— Sim... mas você pede demais, pequenino.

Ele responde aos berros:

— Eu te dei o sangue! Dei toda a merda do sangue que pediu!

— Contaminado. Maculado. Sórdido. Com gosto de ferrugem. Com sabor bolorento. Preciso de sangue puro.

A criatura se abaixa lentamente e passa o dedo no sangue de Laura no chão. Suas unhas são longas, a mão tatuada como o resto do corpo. Ela leva o dedo indicador aos lábios dela e os acaricia, sensual, deixando uma trilha escarlate por onde passa. Então sorri, exibindo dois dentes pontiagudos.

— O que você quer dizer com isso?

— Sangue puro, pequenino. Puro...

ALEXANDRE CALLARI

César está sentado no vaso sobre a tampa fechada. A cabeça descansa em cima das mãos, os braços flexionados apoiados nos joelhos. Ele olha fixamente para o chão. Está trajando calças jeans e uma camiseta regata. Seu olhar é vago e perdido.

Eu me rebaixei... Eu me humilhei... Dei o sangue...
Qual foi o propósito de tudo aquilo? O que é a vingança, afinal? Qual é a satisfação que ela traz? Será que no fundo ele era só mais um ser humano pequeno e mesquinho?

Não há sensação pior do que o fracasso... saber que você é um fracassado. Tudo o que fiz naufragou.

O choro do bebê recomeça. É a terceira vez desde que ele entra no banheiro. Ele mergulha o rosto nas palmas das mãos e sente o tremor involuntário do próprio corpo. *O que você está fazendo?*

Vergonha. Sou uma vergonha.
Mas você chegou até aqui. É o ponto sem retorno.
Tem que ir até o fim, agora, tem que ir.

César se levanta e sai do banheiro. Ele passa por cômodos desarrumados, sujeira pelos cantos, restos de comida. Uma barata sai da frente do caminho dele, mas não se esconde, como se não o temesse. Ele anda na direção do choro, escutando-o ficar mais alto. Enfim, entra em um quarto, para ao lado de uma cama e observa. César fecha os olhos e murmura:

— Sangue puro...

Ele tenta apanhar a criança, mas as mãos tremem demais. *Controle-se. Controle-se.* Ele abre e fecha com força os punhos, lutando consigo mesmo, combatendo aqueles impulsos, resistindo à coisa abominável que se propôs a fazer. Enfim, se afasta, horrorizado, e dá um grito teatral:

— Não! Não! Não, maldita, não! Demais, isso é demais.

Afasta-se da cama, temendo que permanecer próximo do bebê fosse uma tentação maior do que podia suportar. Seu rosto é uma capa de medo. As roupas estão empapadas de suor. Ele respira fundo e olha na direção da porta, uma nova resolução surgindo em suas feições contorcidas. Talvez... exista uma solução?

Ela tá presa... Eu prendi ela... Porra, ela tá presa e eu posso obrigar

ela a me obedecer! Claro que posso!
Batendo o pé, ele sai do cômodo.

César adentra a sala escura. Ele domina a situação. Se ela não o obedecer, ficará o resto da eternidade apodrecendo naquele círculo mágico. Destemido, encara os olhos do demônio e aponta para o círculo.
— Chega. Ouviu, sua puta desgraçada? Chega! Eu não vou te dar mais nem uma gota de sangue. Muito menos de um... muito menos de um bebê, porra!

A criatura apenas sorri e arqueia as sobrancelhas longas, que sobem numa reta diagonal pelas têmporas e emendam na linha dos cabelos.
— Não há escolha... magia requer sangue, pequenino.
— Para de me chamar assim. E pode apostar que tenho escolha, sim. Eu te invoquei. Te trouxe sei lá de onde e te prendi nesse círculo. Você está sob o meu feitiço. E, se eu mando, você obedece. Chega de jogos!

Ela leva uma mão ao peito com expressão de escárnio e diz apenas movendo os lábios, sem emitir som: "Eu?".
— É, você! Cansei de joguetes. Cansei de ser manipulado. Chega! Nem eles, nem você... ninguém mais vai brincar comigo. Entendeu? Me dá o que quero agora! Você tem que me obedecer!
— Senão o quê?
— Senão eu saio por aquela porta e te deixo aí, simples assim. Não vou fazer o feitiço de dispensa. Isso quer dizer que você vai ficar pra sempre presa nessa porra de círculo. É isso que quer?

A criatura o encara com firmeza. A expressão debochada de seu rosto se transforma numa fúria velada.
— Não é uma boa ideia me ameaçar, pequenino.
César dá um berro histérico:
— Para de me chamar assim, caralho.
— Não devia gritar. Pode estourar uma veia no cérebro.
— Acha que eu não tenho coragem? Acha que não te deixaria aqui pra apodrecer? — A criatura se cala. Um sorriso maquiavélico volta a adornar seus lábios. Ela une as duas mãos diante do corpo e as esfrega gentilmente. Parece estar esperando alguma coisa. — Chega de papo furado. Eu quero minha vingança ou saio por aquela porta agora

e nunca mais volto. Juro por tudo que é mais sagrado. E você vai ficar presa por muito tempo.

A hora mágica. A criatura saboreia, se excita, se delicia. *É tão fácil... extremamente fácil.*

— Presa? O que o faz pensar que estou presa, pequenino? — A frase faz César pausar. Uma tentativa fútil de dar um choque de realidade, talvez, ou apenas de assustá-lo? Ele percebe que seus olhos estão arregalados e tenta se recobrar. Não consegue. Será que ela consegue ver seus joelhos tremerem? — Eu não estou presa, pequenino.

César engole em seco. Sua mente viaja, recuperando os eventos dos últimos dias, numa colagem de situações e decisões, de ocorridos e imagens. César está preparando o círculo novamente. Lavando o chão, traçando as linhas perfeitas, escrevendo as letras místicas. Seu rosto se contrai.

— Eu... o feitiço... o círculo...

Novas cenas se transcorrem velozes como coriscos. O corte na mão. Laura e o bar. O sangue dela escorrendo no chão e encobrindo o círculo. O gato arranhando sua mão, as velas acesas.

— Você... como assim...

Então, uma frase murmurada pela criatura se desnuda para sua mente que, agora atenta, na ocasião estava entorpecida. O primeiro encontro, quando as trevas se adensaram, a silhueta sedutora do demônio surgiu e uma frase foi dita; súbito ele estava de volta, de volta àquele momento, de volta ao que não compreendeu, "Eu preciso de sangue para me...".

— Você disse... O que foi que você disse...?

E o sorriso dela se alargou ainda mais, perdendose em meio às outras cenas do passado. O prego sendo martelado no chão. O bebê chorando. Então, ele arregala os olhos. A percepção o atinge como um bate-estaca. E César compreende. E César engole em seco. E César repete em voz alta o que seu inconsciente sabia, mas escondera de seu racional.

— "Eu preciso de sangue para me libertar!" — A criatura assente, sabendo que ele compreendeu a verdade. — Você... você sempre esteve... você... não precisava...

— De sangue? Claro que precisava, pequenino. Mas ele não era para você. Era para mim.

Ela dá dois passos na direção dele e para a poucos centímetros do limite do círculo. César ofega. Quando fala, praticamente vomita as palavras, os olhos arregalados, o coração disparado.

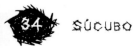

— Você... é minha prisioneira.

— Não mais.

A criatura dá um passo para fora do círculo. César mal consegue acreditar no que vê. Ela caminha até ele, avolumando-se. À medida que se aproxima, ele sente-se como se estivesse ficando pequeno, se encolhendo, talvez ajoelhando diante da figura cada vez mais portentosa. A criatura coloca ambas as mãos em seu rosto, sobre as bochechas. César está totalmente entregue.

Implore, seu idiota, implore. Não, não faça isso. É a saída dos covardes. Que se dane, essa coisa vai arrancar sua cabeça. Implore já.

— Eu faço. É isso que quer? Eu faço. Sangue puro. Eu te dou sangue puro. Ele tá logo ali. Ele...

Ela toca os lábios dele com o indicador. A sensação da pele contra sua boca é como gelo seco.

— Shhhhh... Não diga nada, pequenino. Não diga nada.

Ela encurta a distância e o beija com inesperado ardor. As mãos de César fazem menção de tentar afastá-la por um segundo, mas, como se fossem incapazes de resistir, se entregam a um abraço apaixonado, envolvendo as costas da criatura.

Ela o força para o chão, ainda beijando-o. César deita de costas. A criatura monta sobre o seu tronco. Suas unhas cravam-se no peito e arrancam sangue. Ele geme num misto de dor e de prazer. Ela abre suas calças, põe o pênis ereto para fora e começa a cavalgá-lo. Selvagem. Agressiva. Maldita.

César se debate, mas não consegue se livrar do abraço lascivo e mortal. As chamas das velas aumentam. Sussurros são ouvidos na escuridão. O sangue coagulado no chão começa a ferver.

A criatura joga a cabeça para o alto, expõe os dentes pontiagudos e os mergulha na garganta de César. Ele se contrai, como se tomasse um choque elétrico. Dois filetes de sangue escorrem por sua omoplata. O prazer atinge o ápice. Ejacula. Grita. Estrebucha mais um pouco. Enfim, morre. Estático. Ela continua sobre ele mais um pouco, sugando seu sangue, sugando o resto de vida. Até que tudo fica preto.

ALEXANDRE CALLARI

PAUL RICHARD UGO, publicitário, redator e professor, é autor da coletânea de contos de horror *Contos de Alguns Lugares*. Quando criança, criava roteiros imaginários. Já adulto, fez roteiros para filmes de treinamento e publicidade em TV. Também foi roteirista do canal curtas de terror Medologia. Atualmente ministra cursos de escrita criativa. Recentemente publicou o livro *Dê um Basta à Bosta!*

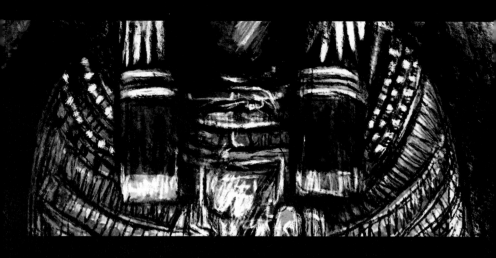

A MÚMIA DO IMPERADOR

Paul Richard Ugo

"Este conto não tem nenhum compromisso com a história. Os acontecimentos históricos foram alterados para composição da ficção."

Abril de 1876. O sol ainda não havia se levantado, mas a movimentação no Paço Imperial era intensa. Perto dali, no porto, o imponente vapor norte-americano Hevelius aguardava a ilustre comitiva. A maior parte da bagagem pessoal já havia sido embarcada no dia anterior, assim como a tripulação e os suprimentos para a longa viagem que alcançaria muitos países, começando pelos Estados Unidos da América. Dezenas de carruagens partiram na direção do porto. A imagem do navio impressionava. Não apenas por seu tamanho, incomum perto dos navios de passageiros que costumavam chegar ao porto do Rio, mas por suas linhas modernas para a época. A tripulação estava preparada para atender ao célebre passageiro e líder desta que seria a maior e mais misteriosa de suas viagens: D. Pedro II, imperador do Brasil.

Foram poucos os que madrugaram no porto para as despedidas. O Hevelius zarparia cedo, aproveitando as águas calmas e o vento fraco. Alguns representantes da Câmara, que havia concedido ao imperador a licença para se ausentar do país, mais pareciam estar lá para se certificarem do embarque real. Os fiéis serviçais, preteridos de embarcar para continuarem a cuidar dos interesses pessoais da família imperial, acenavam melancolicamente lenços brancos providencialmente distribuídos pelo cerimonial do palácio. A estes se somaram alguns súditos curiosos, membros da guarda e repórteres de jornais, como o *Diário do Rio de Janeiro*, *Correio da Manhã*, *Jornal do Commércio* e outros pasquins que faziam charges cômicas sobre a vida do imperador. O próprio D. Pedro II chegava a achar graça naquilo que publicavam.

O Hevelius singrou as águas da Baía da Guanabara, acompanhado lado a lado por duas fragatas da Imperial Marinha de Guerra, naquela época uma das mais poderosas marinhas do mundo, formada por cerca de noventa poderosos navios de guerra. As fragatas serviriam de escolta até a chegada a Recife, primeira parada para reabastecimento de carvão e suprimentos. No convés, observando os raios de sol dourando as águas, D. Pedro II sentia a brisa marinha trazer-lhe o sal que sempre temperou sua incessante busca pelo conhecimento. E, desta vez, levando uma comitiva de quase duzentas pessoas, orgulhava-se de não estar gastando um centavo sequer do erário público. Todas as despesas corriam por conta de suas economias.

O roteiro, traçado por D. Pedro II, contemplava iniciar pelos Estados Unidos da América, onde receberia algumas homenagens durante a Feira Internacional em comemoração ao centenário da independência daquele país. De lá, seguiria até a Inglaterra, Dinamarca, Suécia, Finlândia, Rússia, atravessaria o Mediterrâneo até seu destino mais importante e misterioso: o Oriente Médio. De lá, continuaria sua viagem pela Itália, Áustria, Alemanha, França, Suíça, Portugal, retornando daí ao Brasil.

15 de abril de 1876. O Hevelius rompeu vagarosamente as brumas que pairavam naquela manhã de temperatura amena sobre o Rio Hudson. O porto de Nova York já podia ser visto. A cidade, feia e desprovida de belezas naturais, fez D. Pedro II torcer o nariz:

A MÚMIA DO IMPERADOR

— Serão três meses tentando descobrir como este lugar se transformou em uma grande nação — pensou alto.

A viagem pelos Estados Unidos transcorreu sem maiores percalços. Durante os três meses, cruzou o país do Atlântico ao Pacífico. Em 10 de maio, D. Pedro II chegou ao Fairmount Park na Filadélfia para, a convite do presidente Ulisses S. Grant, inaugurar a Exposição Universal da Filadélfia — Centennial Exposition. Foi uma grande honra para D. Pedro II, que, naquela época, já era conhecido internacionalmente por sua cultura e pelo seu interesse pelas artes, ciências e história. Conheceu as mais modernas tecnologias e novidades como a invenção de Alexander Graham Bell — de cuja companhia de telefones foi o primeiro a comprar ações —, a máquina de escrever Remington, a máquina a vapor que gerava energia elétrica, o elevador a vapor Otis e o katchup Heinz. Após a inauguração, estava programada a visita a outras cidades e depois voltaria à Filadélfia para olhar, durante vários dias, todos os pavilhões da enorme feira que contava com representações de países de todas as partes do mundo, inclusive o Brasil. Mas, naquele dia da inauguração, D. Pedro II recebeu uma carta das mãos de seu grande amigo James Cooley Fletcher, pastor norte-americano que o imperador conheceu na estada de James no Brasil como secretário da delegação diplomática de seu país.

Em suas viagens pela Europa, James recebeu, das mãos do egiptólogo e explorador italiano Giovanni Batista Belzoni, a incumbência de fazer a importante missiva chegar a D. Pedro II antes mesmo que este chegasse à Itália. Todos os membros da aristocracia do mundo ocidental já tinham conhecimento do roteiro de viagem do imperador e Giovanni precisava passar preciosas informações antes da chegada de D. Pedro II ao Oriente Médio. Depois de conversarem sem entrarem em detalhes sobre o contato feito por James com Giovanni, D. Pedro II seguiu para o hotel onde, antes mesmo de se retirar para o quarto, abriu a tão estranha carta:

Sua Alteza Real D. Pedro de Alcântara João Carlos Leopoldo Salvador Bibiano Francisco Xavier de Paula Leocádio Miguel Gabriel Rafael Gonzaga de Bragança — D. Pedro II,

Muito me honra ter conhecido seu nobre pai e sua nobre mãe, a mui culta arquiduquesa Maria Leopoldina da Áustria, com quem tive a oportunidade de trocar importantes missivas acerca de nosso mútuo interesse pela arqueologia. Coube ao acaso que um considerável lote de peças egípcias, que enviei para serem leiloadas a ricos aristocratas e comerciantes argentinos, despertasse em Sua Majestade D. Pedro I o interesse ao saber sobre o conteúdo valioso do navio. Como Vossa Majestade sabe, este acervo acabou sendo arrematado por seu pai, vindo a juntá-lo ao precioso conjunto de peças levadas por Sua Majestade Maria Leopoldina quando de seu casamento com o imperador D. Pedro I. Vossa Majestade foi criado em berço culto, mergulhado nas ciências e todos os cantos do mundo exaltam esta nobre verve que o faz, mais uma vez, percorrer os quatro continentes para levar conhecimento ao seu jovem e belo país. Talvez não saiba, mas fiquei com a guarda do acervo de inúmeras descobertas impressionantes no Egito, especificamente em Karnak, onde encontrei a mais valiosa relíquia, que foi infortunadamente subtraída de seu sítio arqueológico antes mesmo que eu pudesse retirá-la de lá para tentar preservá-la em segurança. Trata-se do sarcófago de uma sacerdotisa chamada Sha-Amun-En-Su, o que quer dizer "Os Campos Verdejantes de Amon". Venho por esta missiva pedir sua sabedoria e grandeza, em nome da ciência, que tente resgatar a guarda desta relíquia para si, tirando-a das mãos do seu atual possuidor, o quediva Ismail Paxá. Como Vossa Excelência deve saber, o quediva Ismail Paxá é um grande líder egípcio de formação europeia que está tentando modernizar seu país. Mas pude constatar por relatos feitos por amigos meus que a inabilidade do quediva com a guarda da múmia está trazendo sérios problemas inexplicáveis para ele. Ele está cogitando cremar o sarcófago pois concluiu que este traz consigo uma maldição. Sendo assim, por seu espírito altruísta e interesse na preservação da cultura universal, não vejo outro líder ou monarca à altura de Vossa Alteza para guardar o sarcófago de ShaAmunEnSu. Este sarcófago carrega mistérios que devem ser guardados. Acreditase que sua violação poderá trazer um mundo de tragédias e prazeres nunca imaginados por nós, simples mortais. Diz a lenda que ShaAmunEnSu recusa-se a ser encaminhada por Anúbis ao deus Osíris. Ela quer voltar para a sua vida aqui entre nós. O mais importante não são as lendas, mas sim o valor histórico e artístico que deve ser preservado. Creio que o quediva Ismail Paxá não irá se recusar a ofertar esta preciosidade, pois seria uma forma de ele se ver livre daquilo a que atribui seus problemas. Já estou no final de minha jornada e sem forças para lutar pela preservação desta valiosa peça. Sabedor de seu imenso interesse pelo Antigo Egito, e que está realizando uma jornada de cunho científico demonstrado por esta segunda viagem ao Oriente Médio, achei conveniente pedir a nosso amigo comum, o nobre James Cooley Fletcher, que lhe entregasse este

pedido para o bem da arte e da ciência universal.
Mui respeitosamente,
Giovanni Batista Belzoni.

Após ler a carta, sentado na varanda de seu quarto de hotel, D. Pedro II bebeu mais um gole de Evan William's, um bourbon de Kentucky, e mergulhou em seus pensamentos sobre o que havia lido. Ficou atordoado, sem saber o que estava acontecendo, pois esse mesmo sarcófago citado na carta havia sido oferecido a ele como presente pelo quediva em sua última viagem.

— Que raios está acontecendo? Se Sha-Amun-En-Su ainda está com o quediva teria ele me dado uma cópia? — pensou alto. Confuso e entorpecido pelo bourbon, o cansaço o venceu e ele adormeceu.

A entrada do templo estava nova, como se o tempo ainda não tivesse passado. Tochas acesas iluminavam o estreito corredor adornado com lindas pinturas que contavam a história de uma bela mulher. Uma melodia e um perfume adocicado o inebriam, aumentando seu desejo de alcançar o salão. A pesada porta entreaberta era um convite a entrar. Empurrou vagarosamente e viu ShaAmunEn-Su viva, linda, seminua e adornada com joias e pedras preciosas, chamandoo enquanto cantava.

D. Pedro II acordou com o copo de bourbon caindo no chão. Levantou-se assustado com o barulho e com o estranho sonho. Deixou para pensar sobre aquele pedido tão cheio de mistérios durante a viagem até a Europa. Supersticioso, não gostou de ter quebrado o copo justamente quando sonhava com ShaAmunEnSu.

Sua longa viagem demorou cerca de um ano e seis meses. Sua chegada em Londres, depois de alguns dias no vapor Russia, da Cunard Line, foi celebrada por toda a imprensa europeia. Em sua estada na Europa, manteve contatos com a comunidade científica e cultural, e recebeu o título de Membro Honorário da Universidade de São Petersburgo. Mas ansiava por chegar logo ao Oriente Médio para tentar demover o quediva de cremar o sarcófago de Sha-Amun-En-Su e visitar a mais antiga sinagoga de Jerusalém, tentando valerse das aulas de hebraico que recebera nos jardins do Palácio de Petrópolis, de seu amigo e professor Leonhard Akerbloom, cônsul da Suécia.

O vapor de bandeira brasileira Áquila Imperial aportou em Port Said vindo de Jaffa na Palestina. Curiosamente, este navio ganhou o nome de batismo naval em homenagem a D. Januária Maria Joana, condessa de Áquila, irmã de D. Pedro II. O imperador ainda estava inebriado com as coisas que vira em suas caminhadas pela Palestina.

Recebeu das mãos de sacerdotes judeus pergaminhos sagrados com a Torá, visitou o mosteiro de Saint Saba e esteve na Síria e no Líbano, onde se encantou com a província e incentivou a imigração, dizendo que gostaria de ter o maior número de pessoas do Líbano morando no Brasil.

A comitiva já estava pronta para seguir em caravana até Luxor quando um grupo de belos cavalos montados por tuaregues com ricas vestimentas se aproximou do porto. Enquanto passavam, os citadinos reverenciavam a presença deles abaixando suas cabeças. Alguns membros da comitiva assustaram-se, mas D. Pedro II manteve-se impávido. Um cavaleiro destacouse do grupo e cavalgou lentamente até chegar diante do imperador, que não hesitou em falar em árabe, ensinado a ele por seu amigo Gustavo Schreiner, embaixador da Áustria. O árabe era uma das onze línguas que conseguia falar, ler e escrever:

— *Assalamu alaykum!*

Após alguns eternos segundos, ouviu a resposta:

— *Alaykumu as salaam*, amigo Pedro Al-Kantara.

D. Pedro II abriu um sorriso ao lembrar que seu sobrenome Alcântara tinha origem árabe.

Era o quediva Ismail Paxá. Trajava sobre sua kandorra um bisht de pele de carneiro, demostrando com suas vestes, riqueza, poder e nobreza. Apeou de seu cavalo e saudou D. Pedro II com um forte abraço, coisa incomum nos protocolos reais.

— Que Allah lhe traga saúde e paz em sua nova visita ao Egito! — disse o quediva, abrindo um largo sorriso. — Vossa Majestade deve estar exausto de tão longa viagem. Esta noite brindaremos com um jantar em minha tenda. E lá conversaremos sobre assuntos importantes.

Antes mesmo que D. Pedro pudesse falar algo sobre o que o estava atormentando, o quediva montou seu cavalo, empinando num giro sobre duas patas, gritou *"Allahu akbar!"* e tomou o caminho de volta, sumindo entre as estreitas vielas de Port Said.

Na chegada à tenda do quediva, escoltados por empertigados soldados, D. Pedro II, a imperatriz Tereza Cristina, a condessa de Barral (amante secreta do imperador) e mais alguns membros da corte foram recebidos com muita pompa, aos moldes dos sultões. O local ficava num pequeno oásis cercado de tamareiras, com pequenos lagos e córregos. O caminho até a grande tenda era demarcado por tocheiros segurados por homens, talvez escravos. De longe, podiase ouvir o som da música tocada por guitarras e pequenos tambores. Com a proximidade, já se

A MÚMIA DO IMPERADOR

viam as silhuetas das dançarinas e de homens sentados no chão batendo palmas na cadência da deliciosa música árabe. Ao chegarem bem perto, antes de apearem dos camelos que os transportavam, a música parou abruptamente. Dois rapazes fortes, talvez eunucos, abriram os lenços da tenda e de lá saiu o quediva. Ao ver a imperatriz e sua dama de companhia, parou e olhou para elas com surpresa:

— Mulheres? Tem agora mais uma esposa? — perguntou o quediva.

— Não! A imperatriz Thereza Cristina é minha única esposa! Não temos esse costume de ter várias esposas no Brasil. E essa é a condessa de Barral, sua dama de companhia — respondeu D. Pedro II, ruborizado com a mentira que havia dito, já que a resposta mais coerente seria "sim, essas são minhas mulheres". No íntimo, com seu humor sagaz e inteligente, riu ao se comparar, em silêncio, aos sultões e emires, que podiam ter quantas esposas lhes aprouvessem.

Tiveram pouco tempo para conversar. O clima era de festa e a comida era farta. Com muita música, dançarinas se revezavam com apresentações de encantadores de cobras e contorcionistas. À certa altura, o quediva fez um discreto sinal para D. Pedro II, que entendeu ser a hora de conversarem. Levantou-se e pediu a um ajudante de ordens que lhe entregasse o presente que havia reservado para Ismail Paxá. Caminharam até uma outra tenda, de tamanho menor. Ao abrir a entrada, D. Pedro II deparou-se com o belíssimo sarcófago. Seus olhos rapidamente puderam identificar a importância daquela peça. E as diferenças que havia entre esse e o sarcófago recebido como presente anos atrás. A linda face da sacerdotisa fora pintada em cor de pele encimada por um toucado azul com asas de abutre amarelo. Parecia real. Os desenhos de duas serpentesuraeus, uma com a coroa do Alto Egito e a outra com a do Baixo Egito, dos lados das garras e da cauda do pássaro com cabeça de carneiro sobre seu peito. Os dois filhos de Horus, a imagem de Imset com cabeça de homem, Hapy com cabeça de babuíno, Duamutef com cabeça de chacal, e Qebehsenuf com cabeça de falcão. Mais que a emoção de encontrar a belíssima peça do Egito Antigo, algo tocou a alma de D. Pedro II. Era como se ali estivesse a mulher que buscava entre tantas outras que teve durante sua vida. Então, como que hipnotizado, balbuciou:

— Sha-Amun-En-Su...

— Sim, é ela! A sacerdotisa! A verdadeira! — exclamou Ismail. — Vossa Majestade deve estar se perguntando o que está acontecendo.

PAUL RICHARD UGO

Mas tenho a obrigação de reparar meu engano. O sarcófago que presenteei em sua última visita ao Egito tratase de uma cópia. Foram feitas sete cópias do sarcófago de ShaAmunEnSu. Acredito que todas contêm múmias verdadeiras, mas não a verdadeira sacerdotisa. Parece que sua importância ultrapassava os limites do sobrenatural. E as cópias foram feitas para que se evitasse encontrar a verdadeira ShaAmunEnSu. E eu a encontrei. Porém, estou com problemas em meu país com a pressão que os ingleses estão fazendo em todo o Oriente. Tenho medo de que ela acabe em mãos inglesas e seja levada para Londres, onde certamente não irão atender às recomendações de não abrir o sarcófago. E isso poderá trazer consequências inimagináveis. Amigo Al-Kantara, não existe mais ninguém em quem eu possa confiar. Sei que é membro de grupos de orientalismo e sabe que muitos que fazem parte estudam o Oriente com objetivos de dominar nossos reinos, nossos califados e nossos principados. Portanto, quero que receba a guarda deste tesouro como prova da amizade entre nossos povos. Este sarcófago nunca foi aberto, nem deverá ser. Sha-Amun-En-Su está aí dentro em toda sua plenitude. Dizem que seu espírito ainda vive dentro de seu sarcófago, e que ela se recusa a seguir para o mundo dos mortos. Uma lenda, talvez. Mas prefiro não duvidar. Aceite esta responsabilidade que está à altura de um imperador!

D. Pedro II, mesmo sendo um grande falante, emudeceu por instantes. Aproximou-se do esquife e pôde observar que este apresentava detalhes que não existiam na cópia guardada em seu gabinete de leitura no Rio de Janeiro.

— Fico muito grato pela oferta e por me confiar responsabilidade de tal envergadura. Mas e quanto às outras cópias? Onde estão? — perguntou.

— Foram colocadas em sítios arqueológicos distintos. O segredo está guardado. Ninguém sabe sobre o que estamos fazendo aqui.

— Mas não posso deixar de dizer. Recebi uma carta de Giovanni Batista Belzoni dizendo que Sha-AmunEn-Su havia sido roubada em Karnak! Confesso que fiquei muito confuso. E, na carta, quase implorava que eu pedisse a guarda ao nobre quediva! Ele sabe que a original está com você!

— Eu sabia, amigo AlKantara. Sabia. Mas ele não pode mais afirmar nada.

— Como assim?

— Giovanni Batista Belzoni está internado em um sanatório no

Vale do Pó, aos pés dos montes Apeninos. Está completamente louco.

— Meu Deus!

— Mas, como pode ver, ele estava certo quanto à escolha da melhor pessoa para guardar tamanho segredo.

— Ele relatou que o sarcófago estava trazendo alguns problemas para o quediva. Que problemas são esses?

— Amigo Al-Kantara — disse o quediva, olhando fundo nos olhos de D. Pedro II —, Sha-Amun-EnSu não pode ficar perto de seus antepassados. Eles estão tentando libertar seu corpo e seu espírito. Tenho visto isso em sonhos. São pesadelos horríveis de espíritos clamando aos meus ouvidos para que eu abra o sarcófago. Esses espíritos me fazem ameaças, me apavoram surgindo em formas monstruosas, me tiram o sono. Não sei o que é ter uma noite tranquila. Estou atormentado com tudo isso. Mas tenho certeza de que a distância fará com que tudo isso acabe e esses espíritos me deixarão em paz.

D. Pedro II, apesar de assustado com o relato do quediva, não pensou no que poderia trazer de mal a ele caso aceitasse a guarda do sarcófago. Enquanto o quediva continuava com seus relatos sobre seus pesadelos, o imperador jurava poder ouvir em sua mente os doces cânticos da sacerdotisa. Seu coração pulsava como um jovem ao beijar sua primeira namorada.

— Amanhã parto para visitar os sítios arqueológicos de Luxor. Na volta, pedirei aos meus comandados que retirem e levem esse maravilhoso tesouro até o Aquila Imperial — disse D. Pedro II.

— Não se preocupe. Amanhã mesmo Sha-Amun-En-Su será cuidadosamente colocada no porão de seu navio. Voltemos à tenda. Os festejos e suas mulheres o esperam — disse o quediva, piscando um dos olhos, como se soubesse dos íntimos segredos do imperador.

Na manhã seguinte, antes dos primeiros raios de sol a comitiva já estava pronta para sair. Vários camelos e cavalos estavam com os carregamentos de suprimentos como água, alimentos, roupas, barracas, armas, lampiões etc. Para as mulheres, as liteiras repousavam no chão junto aos carregadores, que aguardavam por suas desengonçadas passageiras. Ao iniciarem a jornada, D. Pedro II, do alto do imponente cavalo branco que o acompanhou por toda a excursão, avistou um grupo de soldados do quediva transportando de forma solene uma grande caixa a caminho do porto. Não teve dúvida de que se tratava de ShaAmunEnSu.

Foram 27 dias de viagens e visitas a cidades e sítios arqueológicos, bibliotecas, museus, sempre aprofundando seu conhecimento sobre o

PAUL RICHARD UGO

Egito Antigo. Alexandria, Cairo, Tebas encantavam sua sede inesgotável por conhecimento.

Ao retornar a Port Said, recebeu consternado a notícia de que dois de seus melhores marinheiros haviam cometido suicídio. Segundo relatos, um marinheiro estava sem dormir havia vários dias, dizia que estava ouvindo uma mulher cantar alto em sua cabeça. Acabou por meter uma bala de sua garrucha em sua boca. O outro se dizia perseguido por espíritos de egípcios com roupas antigas, que falavam sem parar em uma língua estranha que ele não compreendia. O desespero desse homem foi tamanho que uma noite começou a atirar para todo lado, na tentativa de "matar" os espíritos que o atormentavam. Sem sucesso e desesperado, deu um tiro em sua própria cabeça. Ao ouvir esses relatos, D. Pedro II decidiu zarpar logo. Quanto mais distante dos antepassados de Sha-AmunEnSu, melhor. Não havia dúvidas que essa era a razão das mortes. Mas não podia mais voltar atrás. Um imperador jamais volta atrás.

D. Pedro II decidiu manter a réplica do sarcófago de Sha-Amun-En-Su em seu gabinete de leitura. Para o sarcófago original, ordenou que fizessem um pequeno anexo ao porão do palácio da Quinta da Boa Vista, onde criou um ambiente secreto com várias peças trazidas do Egito. O sarcófago ficou em destaque e, diante dele, mandou colocar uma poltrona onde pudesse contemplar a preciosidade. Sua esposa, sua irmã e o restante da corte não davam importância ao novo "brinquedo" de D. Pedro II. Exceto por seu neto mais velho, Pedro Augusto, que estava sendo preparado por ele para ser seu sucessor. Era uma criança brilhante, o neto preferido de D. Pedro II. Algumas vezes seu avô o levava até o porão para conversar com ele sobre o Egito Antigo e contar suas incríveis histórias.

Apesar de algumas turbulências políticas que criaram um ambiente para a instauração da República e dos ciúmes com o neto preferido, D. Pedro II não percebeu nenhum acontecimento sobrenatural nos anos seguintes que pudesse ter sido provocado pela presença de Sha-AmunEn-Su. Até a noite da grande tempestade que caiu sobre a cidade. Toda a família imperial foi despertada por raios, trovões e pelo forte vento que fez com que várias pesadas janelas se abrissem. Barulho de vidro quebrado, cortinas voando, galhos invadindo vários cômodos, serviçais em polvorosa tentando fechar as janelas e limpar a sujeira e a água que corria farta pelo piso de tábua corrida.

D. Pedro II, ainda com suas roupas de dormir e preocupado com a

A MÚMIA DO IMPERADOR

possibilidade ter entrado água no porão onde estava Sha-Amun-EnSu, foi até lá e estranhou ao ver a porta aberta. Ao entrar, encontrou seu neto Pedro Augusto diante do sarcófago aberto. O agora adolescente parecia em estado de choque, olhando fixamente para a múmia de ShaAmun-En-Su. D. Pedro II forçou a pesada tampa de madeira e estuque para fechar o esquife sem antes olhar para a tenebrosa figura escurecida da múmia. Quando conseguiu, imediatamente a tempestade cessou, como mágica, para a surpresa de todos.

D. Pedro II segurou seu neto pelos braços, tentando tirá-lo do transe, sem sucesso. Apesar da idade, pegou o rapaz no colo e levou-o até a cozinha, pedindo à governanta que providenciasse um pouco de leite quente. Ao se refazer, o jovem afirmava que não sabia o que havia acontecido. Só que fora atraído até lá por uma estranha música. D. Pedro II sentiu um calafrio e lembrou-se do que dissera o quediva Ismail Paxá.

Enquanto todos se refaziam do susto, D. Pedro II foi até o gabinete de leitura. Ao chegar lá, viu que uma das janelas abrira com tanta força que fez com que a réplica do sarcófago caísse ao chão, abrindo-o e deixando exposto o seu conteúdo. Ao contrário do que o quediva havia falado, não era uma múmia que estava em seu interior. Eram joias de ouro, adornos femininos, roupas costuradas com fios de ouro, sapatilhas e sandálias encrustadas de rubis, pedras preciosas, ouro em pó acondicionado em potes de cerâmica, uma verdadeira fortuna que reluzia com a amarelada luz do gabinete. Com certeza, as peças eram partes do acervo pessoal da sacerdotisa. Exausto e espantado com tudo que havia acontecido naquela noite, D. Pedro II resolveu fechar a janela, trancar o gabinete e ir tentar dormir. Em vão.

Desde aquela data, seu neto, que já havia impressionado vários reis e nobres por ocasião de sua passagem pela Europa, deu sinais de uma crescente insanidade mental. Começou de maneira branda, mas aumentou à proporção que via o crescimento do movimento republicano que poria fim às suas pretensões de se tornar o imperador D. Pedro III. Começou a sair nas madrugadas e voltava ao amanhecer, sujo, muitas vezes embriagado, outras vezes com manchas de sangue, talvez sinais de brigas, fatos esses que eram abafados por todos da corte. Ao mesmo tempo, a imprensa começou a relatar vários desaparecimentos de jovens prostitutas "francesas", na verdade chamadas de "polacas", trazidas como escravas sexuais por cafetões judeus, nas cercanias do Campo da Aclamação e da Rua da Vala.

D. Pedro II já apresentava problemas de saúde advindos da neuropatia diabética que o acometia com crises de fraqueza nas pernas e incontinência urinária. Seus médicos recomendaram que ele fosse procurar tratamento na Europa, mais especificamente em BadenBaden e depois na França, em AixLesBains. Antes de partir para tratar de sua doença, preocupado com os acontecimentos e com a doença de seu neto, lacrou com argamassa e tijolos a porta que dava acesso ao porão onde ficava Sha-AmunEnSu. As joias e roupas encontradas no outro sarcófago foram levadas por ele até o porão. Encheu a réplica do sarcófago com pedras que tinham o peso aproximado de antes de ser esvaziado para que ninguém percebesse e deixou em seu gabinete como se nada tivesse acontecido.

Os desaparecimentos continuaram frequentes. E coincidiam com as incursões noturnas e solitárias do príncipe Pedro Augusto. Na ausência de seu avô, Pedro Augusto conseguiu fazer um buraco na parede dos fundos do palácio, o qual dava acesso à um túnel secreto que, segundo a lenda, fazia parte da tentativa de conectar o Palácio Imperial à casa da marquesa de Santos, amante de seu bisavô D. Pedro I. Por essa passagem, conseguiu chegar à parede junto ao porão, onde abriu um outro buraco, que dava acesso ao local onde estava o sarcófago. E ali ele praticava horrores com as pobres prostitutas que trazia para saciar a sede de vida de Sha-Amun-EnSu. A cada quinze dias, uma jovem era pendurada viva e nua pelos pés e ele fazia um corte certeiro com sua espada, abrindo o peito e o ventre, fazendo com que as vísceras tombassem junto ao sangue em alguidares de cerâmica que eram derramados sobre a múmia da sacerdotisa. Por dentro das faixas escurecidas podiase ver o movimento das carnes que absorviam o precioso e morno líquido, que nem chegava a cair ao chão, sendo completamente absorvido pelo cadáver. Os corpos das jovens eram incinerados na caldeira que provia água quente para os banhos e para a cozinha do palácio. Pedro Augusto se recolhia todas as manhãs, saindo à tarde para fazer seus contatos políticos na tentativa de sufocar o movimento republicano. Pensou até na possibilidade de entrar no Parlamento com um pedido de interdição de seu avô, com intenção de assumir logo o trono que sabia estar ameaçado.

D. Pedro II retornou ao Brasil mais cedo do que o previsto. O vapor que o trouxe tinha potentes motores e o mar calmo e as correntes favoráveis fizeram antecipar a chegada em três dias. Pedro Augusto estava fora do Rio, em Petrópolis, para acompanhar, com o arquiteto Federico

Roncetti, os detalhes da construção da catedral da bela cidade imperial. Foi uma boa oportunidade para D. Pedro II ir até o porão acompanhado de um serviçal para derrubar a parede que havia construído para lacrar o local onde deveria estar ShaAmun-En-Su. Ao cair o último bloco de tijolos, D. Pedro II sentiuse mal. O sarcófago estava vazio, sem a múmia, sem as joias e as roupas de Sha-AmunEnSu. Amparado pelo serviçal que não compreendia o que se passava, D. Pedro II foi levado até seu gabinete. Pediu que chamassem a imperatriz e perguntou por Pedro Augusto:

— Meu neto! Me diga onde está meu neto!

— Calma, Pedro! Ele foi a Petrópolis ver as obras da nova catedral. O arquiteto fez questão que ele opinasse em alguns detalhes da obra — disse a imperatriz.

— Mas ele foi sozinho? Alguém diferente além da guarda e do secretário? — perguntou D. Pedro II.

— Sim, e isso é que causou espanto. Ele foi acompanhado de uma jovem linda, porém não sabemos quem ela é. Ele é muito rebelde. Desde que conheceu essa jovem, não tem ficado mais em casa e não fala como a conheceu nem tampouco nos apresentou a ela. E para quem recusou até hoje os melhores dotes das casas europeias, acho que ele anda mesmo animado com essa moçoila. Teremos no futuro uma rainha plebeia? — perguntou ela com ironia.

— Quem é ela? Você a viu? Qual seu nome? — perguntou nervosamente D. Pedro II.

— Antes de seguirem para Petrópolis, ele passou por aqui para pegar umas roupas. Ela ficou na carruagem, mas pude vê-la. Linda moça. Cabelos negros, pele clara e rosto bem delineado. Parecia uma egípcia, dessas pintadas nas peças que temos aqui.

— Uma egípcia? Ah, meu Deus. Que desgraça! Ele a despertou! Ele a despertou! — gritou D. Pedro II, fazendo com que D. Tereza mandasse chamar o médico da corte.

Durante a estada de Pedro Augusto em Petrópolis, a polícia foi notificada de mais um desaparecimento. Dessa vez, de uma jovem de dezesseis anos, filha de um dos jardineiros do Palácio Imperial de Petrópolis, onde estava hospedado com sua misteriosa acompanhante. A notícia logo chegou à capital, reforçando as suspeitas do inspetor de polícia que observava os passos de Pedro Augusto.

De volta ao Rio, ao chegar no palácio da Quinta da Boa Vista, Pedro Augusto não se importou com a chegada de seu querido avô. Andava

PAUL RICHARD UGO

pelo palácio sem falar nada com ninguém, mantendo sua estranha altivez e um olhar distante. Abruptamente, foi abordado por D. Pedro II, que o pegou vigorosamente pelo braço, levando-o quase que à força até seu gabinete.

— O que você fez? — gritou D.Pedro II. — Onde está Sha-Amun-En-Su? Quem é essa mulher que tem acompanhado você? É ela? Me diga: é Sha-Amun-En-Su? — continuava gritando e sacudindo seu neto pela gola da roupa.

Pedro Augusto, imóvel, continuou calado. Abriu um breve e discreto sorriso, virou as costas e saiu do gabinete.

D. Pedro II precisava tentar consertar o que Pedro Augusto havia feito, mas não sabia como. E, para aumentar ainda mais suas preocupações, naquela tarde o inspetor João Apolinaro procurou Sua Majestade para falar de suas suspeitas.

João Apolinaro era um amigo de D. Pedro II. Apesar de trabalhar como policial, era professor de música e maestro da orquestra do Colégio Pedro II. Tinha trânsito com o imperador e era velho conhecido dos saraus no palácio da Quinta da Boa Vista e também no de Petrópolis. D. Pedro pediu que encaminhassem Apolinaro até seu gabinete de leitura, enquanto tentava se recompor de sua discussão com Pedro Augusto.

Ao chegar em seu gabinete, viu Apolinaro admirando o sarcófago.

— Linda peça! Sempre que venho aqui, fico encantado com essa relíquia! — disse ele, com seu jeito pomposo de falar.

— Amigo Apolinaro! Faz muito que não conversamos! Como vão as coisas em nosso colégio?

— Bem, vão muito bem! Temos feitos belas apresentações. Mas não foi para falar sobre nossa orquestra, tampouco sobre música. Trago uma grande preocupação que tem assustado o Rio de Janeiro.

— Assustado? O que está acontecendo?

— Algumas mulheres que trabalham nos bordéis estão desaparecendo misteriosamente. Em especial as polacas.

— As polacas? Ora! Certamente devem estar indo para outra freguesia! Elas nem mesmo têm documentos! Mudam de nome quando mudam de cafetão! Como podem afirmar que estão desaparecendo?

— Mas tem um detalhe. Sabe que seu neto Pedro Augusto gosta de frequentar os bordéis da cidade. E as polacas desparecem exatamente nas noites em que ele vai a um deles.

— Bem sei que meu neto saiu ao seu bisavô. É um rapaz muito bonito, e tem o fogo da juventude! Mas muito me causa efeito essa sua

A MÚMIA DO IMPERADOR

observação. Como ela chegou ao seu conhecimento?

— Foi pouco antes de sua última viagem. Três jovens desapareceram. Uma a cada quinze dias. Sabe que meus homens também frequentam essas casas. E que, numa cidade como a nossa, os fatos correm à boca pequena. Essas jovens foram vistas saindo com Pedro Augusto. E nunca mais foram encontradas. Depois de sua viagem, a coisa se agravou, apesar de continuarmos sem poder afirmar o motivo desses desaparecimentos. Estamos investigando e achei que eu tinha a obrigação de relatar todos esses fatos à Vossa Majestade. De vossa parte, peço que observe o comportamento de seu neto. Preciso afastar essa desconfiança que as coincidências provocaram em mim.

— Professor, é público e notório que tenho sofrido grandes pressões articuladas pelos republicanos. Confesso que já estou quase acreditando que Pedro Augusto não conseguirá me suceder. Não por qualquer motivo familiar ou incompetência. Não há ninguém mais apto do que ele para continuar o Império. Porém, sinto no ar que algo está sendo arquitetado para que o povo fique desacreditado da importância da manutenção do Império para forjarmos uma grande nação. Tenha de mim a certeza de que irei conversar com meu neto e observarei todos os seus passos. Mas fique certo de que tudo isso não passa de mais uma tentativa de desacreditar o Império junto ao povo brasileiro.

D. Pedro II, prevendo o pior, resolveu ele mesmo fazer suas investigações. Naquela noite, disse a todos que não queria ser importunado pois estaria em seu gabinete, iniciando a tradução do livro *As Mil e Uma Noites*. Em vez de ir ao gabinete, D. Pedro II vestiu um sobretudo negro com capuz, subiu em seu cavalo e ficou próximo ao local onde ficavam as carruagens, aguardando seu neto sair. Sabia que ele ainda estava no palácio, mas que, com certeza, iria sair, já que a imperatriz informara que Pedro Augusto não estava mais dormindo lá. Para sua sorte, a espera não foi grande. Pedro Augusto foi até a estrebaria, de onde recebeu do tratador seu tílburi pronto. D. Pedro II esperou um pouco para que ele tomasse distância e saiu também. O tratador da estrebaria, ao ver D. Pedro II, não o reconheceu e gritou pela guarda, pensando estar alguém roubando o cavalo real. D. Pedro II parou seu cavalo, tirou seu capuz e disse ao tratador:

— Sou seu rei, e ordeno que não tenha visto nada! — gritou ele, deixando o tratador desconcertado e confuso.

D. Pedro II seguiu seu neto pelas ruas de São Cristóvão, passando ao largo do Caju e viu que Pedro Augusto se embrenhou pelas estreitas vias do Bairro da Saúde, passando pelo Cais da Princesa, chegando até a Pedra do Sal, a chamada Pequena África, onde escravos e seus descendentes viviam por ser próximo ao local onde os navios desembarcavam alimentos, açúcar e, principalmente, sal. No silêncio da noite, podiase ouvir o som de atabaques e cantorias de negros em suas rodas de samba e em seus terreiros de candomblé.

O tílburi de Pedro Augusto entrou por uma viela sem saída e parou diante de um sobrado que parecia abandonado. Saltou e entrou como quem já havia estado lá diversas vezes. D. Pedro II, disposto a entrar e desvendar o mistério que estava por trás das atitudes de Padro Augusto e por fim descobrir o paradeiro de ShaAmunEnSu, resolveu esperar uns minutos. Não demorou e ouviu o estalar de chicote seguido do gemido de um homem. O cavalo de D. Pedro II assustou-se com o barulho familiar que conhecera dos tempos em que foi adestrado. Mais um estalo e um gemido fizeram com que D. Pedro II corresse até a porta do sobrado.

Uma forte pancada com a sola de sua bota de montaria fez com que a porta se abrisse. O que viu foi inimaginável. Pedro Augusto estava ajoelhado nu no centro de uma sala, com seus braços abertos amarrados por grossas cordas. Nos dois lados da sala, pendiam como porcos em matadouros os corpos de quatro jovens polacas evisceradas e esgotadas de seus sangues. Em pé, atrás de Pedro Augusto, estava ela, Sha-AmunEnSu, sem suas faixas e suas mortalhas. Estava linda, com suas roupas bordadas com fios de ouro e suas joias como em seu sonho nos Estados Unidos da América. Pedro Augusto estava em transe, com uma franca expressão de prazer em seu rosto de olhar vago. D. Pedro II arriscou perguntar em árabe o que estava acontecendo ali, mas recebeu como resposta algo dito de forma gutural num egípcio arcaico incompreensível por ele.

Rapidamente tratou de desamarrar seu neto para tirálo dali. O sangue espalhado pelo chão dificultava o equilíbrio, fazendo com que demorasse a desatar os nós. Nesse instante, a sacerdotisa fechou os olhos, disse algumas palavras e iniciou um cântico assustador. Com Pedro Augusto solto, D. Pedro II tentou reanimálo. O timbre da voz da sacerdotisa começou a ficar grave até alcançar o timbre quase masculino de um baixo lírico. Então, o sobrado começou a tremer e os vidros das janelas se quebraram. As jovens mortas soltaram-se de suas amarras e iniciaram uma macabra aproximação a eles. Ao recobrar a consciência, Pedro Augusto assustou-se ao ver seu avô debruçado sobre ele. Num rompante, empurrou D. Pedro II para o lado, desviando-o do que seria um golpe fatal desferido por uma das mortasvivas que já estavam prontas para atacar. Enquanto Pedro Augusto procurava alcançar suas calças, D. Pedro II tentava mantê-las afastadas com a chama de um lampião, sem muito sucesso. Sacou o revólver Colt Walker que ganhou de presente em sua viagem aos Estados Unidos e desferiu vários tiros sem efeito. O imperador e seu neto conseguiram alcançar a porta e subiram no tílburi, saindo em disparada. Só pararam por uns segundos para pegar o cavalo de D. Pedro II pela rédea para que seguisse junto. Mesmo distantes, podiam ouvir o canto, agora doce, de ShaAmun-En-Su misturando-se aos centenários sons africanos do antigo bairro.

Seguiram em silêncio até chegarem ao palácio. D. Pedro II levou seu neto até o quarto e colocou-o na cama. O jovem ardia em febre e começou a ter delírios. Chamava por Sha-Amun-En-Su e dizia palavras desconexas.

D. Pedro II acordou seu ajudante de ordens e pediu que chamasse o médico. Pediu também que ele enviasse um mensageiro até o Primeiro Regimento de Cavalaria e chamasse o capitão Armando Jorge, professor de montaria de Pedro Augusto, com quem mantinha uma grande amizade. Mal sabia o imperador que, naquele mesmo regimento, o movimento republicano ganhava força.

O regimento ficava muito perto do palácio, e o capitão chegou em poucos minutos, ainda atordoado por conta de seu repentino e inesperado despertar. D. Pedro II pediu que ele convocasse seis homens, os melhores, para iniciarem uma busca por "criminosos" que atentaram contra sua vida e a vida de seu neto naquela noite. Pediu também que reforçassem a guarda nos portões do palácio e que fosse colocado um par de guardas na porta do quarto de Pedro Augusto para evitar que ele saísse pois "apresentava sintomas de delírio provocados pela forte febre". O capitão não entendeu muito bem o que estava acontecendo, mas cumpriu as ordens de seu comandante maior. O alvoroço já havia tomado conta de todo o palácio. Familiares do imperador, serviçais, militares, todos falavam sem entender o que se passava. De repente, D. Pedro II ouviu um forte barulho vindo do telhado.

— Silêncio todos! — gritou ele nervosamente. — Ordeno que voltem para seus aposentos e tranquem suas portas e janelas!

Somente permaneceram no salão principal do palácio D. Pedro II, o capitão Armando Jorge, os soldados e o ajudante de ordens. Em silêncio, todos olharam para o teto, procurando descobrir de onde vinham

PAUL RICHARD UGO

tais ruídos e o que os estava provocando. Sem que esperassem, um pavoroso grito ecoou pelos salões do palácio, vindo da copa. Assustados, alguns se esconderam enquanto outros, mais corajosos, foram na direção da copa, onde viram, aterrorizados, a pobre Virgínia, camareira da imperatriz, pendurada nua, eviscerada e com seu sangue ainda a terminar de escorrer. D. Pedro II e o capitão entraram vagarosamente na copa e ouviram grunhidos vindos do canto, junto ao guarda-louças. A cena era pavorosa. Quatro mortas-vivas nuas, as mesmas que D. Pedro II havia visto na Pedra do Sal, comiam as vísceras da pobre camareira. Estavam agachadas, de costas para eles, mas sentiram suas presenças.

Imediatamente, como ratos assustados, interromperam seus banquetes e voltaram-se contra eles como vorazes animais. Suas faces, sujas de sangue, bile e fezes, tinham as marcas da morte: a pele acinzentada, os olhos opacos e os cabelos sujos e grudados de sangue ressecado. Seus tórax e abdomens abertos com suas ocas e fétidas cavidades à mostra, por onde podiam ser vistos os pedaços recém-engolidos caírem e escorrerem sobre seus púbis. Diante de tamanho horror, D. Pedro II gritou:

— Atire, capitão! Mate esses monstros que vieram do inferno para atormentar seu imperador!

Enquanto ouvia as palavras de D. Pedro II, o capitão começou a atirar e deu ordens para que os soldados usassem suas baionetas e espadas contra as monstruosas mulheres que, como ágeis animais, partiam para cima dos pobres militares. As balas não surtiam efeito e as espadas e baionetas transpassavam seus corpos sem que nada as afetasse.

— As cabeças! — gritou D. Pedro II. — Arranquem as cabeças dessas infelizes! É o único lugar onde ainda existe uma víscera!

Os soldados atacaram, mas foram derrubados pelas feras, que arrancaram suas jugulares com vorazes mordidas, fazendo o sangue jorrar em jatos pulsantes.

D. Pedro II sacou seu revólver e desferiu quatro tiros certeiros nas cabeças das pobres polacas.

— Meu Deus! O que é isso, Majestade?

— É uma longa história, meu caro capitão. E ainda não chegou ao fim — respondeu D. Pedro II.

Um estranho silêncio tomou conta do palácio. O imperador, tentando perceber algo no ar, teve um estranho pressentimento.

— Pedro Augusto! Vamos até o quarto de meu neto! Temo que

 A MÚMIA DO IMPERADOR

algo pode ter acontecido com ele!

Correram ao quarto do príncipe. Os dois guardas que guarneciam a entrada do cômodo pendiam nas paredes, cravados por suas próprias baionetas que transpassavam seus olhos abertos de terror. Pela porta aberta, viram que Pedro Augusto não estava lá. O capitão abriu a grande janela e avistou um dos guardas que vigiava o jardim e perguntou se alguém havia saído do palácio. Diante da resposta negativa, D. Pedro II decidiu ir até o local onde ainda ficava o verdadeiro sarcófago de ShaAmun-EnSu.

Chegando lá, não o encontraram. D. Pedro II acessou o buraco que Pedro Augusto havia feito e entraram no extenso túnel secreto construído por D. Pedro I, que tinha vários ramais conectados a pontos estratégicos, inclusive um que dava acesso ao mar na Praia do Caju. Seguiram pelo túnel principal até chegarem em uma encruzilhada com três opções de caminho. Porém, não indicavam com precisão quais seriam os destinos de cada um deles. Somente viam-se as marcações nas entradas indicando "galeria I", "galeria II" e "galeria III".

Decidiram que cada um iria por uma das galerias para tentar descobrir o paradeiro de Pedro Augusto. D. Pedro II seguiu pela galeria II, o capitão pela I e o ajudante de ordens pela de número III.

D. Pedro estava exausto e o ar, abafado e com forte cheiro de mofo, piorava sua dispneia. Após alguns minutos de caminhada, ele chegou ao que parecia ser o fim do túnel. Pás e picaretas enferrujadas e cobertas de poeira jaziam abandonadas. A obra da passagem havia sido interrompida e a parede cega de terra indicava o fim da galeria. Desanimado, retornou à encruzilhada e chamou por seus companheiros, gritando na entrada de cada uma das galerias sem obter resposta. De repente uma brisa começou a sair da galeria I, onde deveria estar o capitão. A brisa aumentou sua intensidade até tornar-se um grande e forte vendaval. D. Pedro II procurou proteger-se do vento que trazia com ele galhos, folhas, poeira e trouxe, por fim, o cadáver do capitão, atirado contra a parede da encruzilhada como um boneco de pano. Parecia estar com todos os seus ossos quebrados, pois seu corpo caiu numa posição impossível para quem possui um esqueleto.

O ajudante de ordens surgiu assustado na entrada da galeria III e viu o corpo do capitão e seu rei sentado no chão de terra, tentando recuperar suas forças.

— Vamos seguir pela galeria I! — disse, ofegante, D. Pedro II. — Eles estão lá!

— Eles? Tem mais alguém com o príncipe?

— Sim, meu caro. Sim! Ela está provocando tudo isso!

— Ela quem, Majestade?

— A múmia! Aquela que eu trouxe em minha última viagem ao Oriente! Vamos!

Entraram no túnel e caminharam por cerca de vinte minutos até sentirem o cheiro fresco do mar. Chegaram a uma praia repleta de pequenas embarcações e canoas de pesca. A lua crescente era eclipsada por nuvens que transitavam rápidas. Sentado em uma canoa encalhada na praia estava Pedro Augusto, com ShaAmunEnSu em seus braços.

— Pedro Augusto! O que aconteceu? — perguntou o imperador.

— Ela está fraca, meu avô. Ela precisa de mais sangue de jovens para voltar à vida! Preciso dela! Eu quero minha princesa de volta!

— Isso é uma loucura — exclamou o ajudante de ordens.

— Vamos! É nossa chance de trancá-la novamente em seu sarcófago. Ela nunca, jamais poderia ter saído de lá! — disse D. Pedro II.

— Não! — gritou o desesperado Pedro Augusto. — Ninguém irá tocar em minha sacerdotisa!

Sem perder tempo, o ajudante de ordens arrancou ShaAmun-En-Su dos braços de Pedro Augusto, dando chances a seu avô de levantá-lo e colocá-lo em marcha, cambaleante, de volta ao palácio.

Pedro Augusto delirava. Chamava pela sacerdotisa, dizia que conspiravam para que ele não herdasse o trono de seu avô, xingava os traidores republicanos.

O médico do rei, que até então tremia assustado debaixo da cama do príncipe, ao ver D. Pedro II entrando no quarto arrastando o jovem, se levantou tentando se recompor com a desculpa que seu monóculo havia caído. Ao ver Pedro Augusto, exclamou:

— Isso já passou do sintoma da febre. Posso garantir que a loucura já está definitivamente instalada em seu neto! As coisas que eu vi quando ele saiu de seu quarto foram assustadoras!

— Doutor, cuide dele. Falaremos depois. Agora eu tenho algo muito importante a fazer. Preciso que esta noite termine sem maiores problemas — disse D. Pedro II, saindo às pressas.

D. Pedro II retornou à câmara onde estava o sarcófago da sacerdotisa. Pedira que seu ajudante de ordens aguardasse por ele para que, juntos, pudessem lacrar a tampa do esquife. Porém, ao chegar lá, encontrou-a da mesma forma que encontrara seu neto na noite da forte

A MÚMIA DO IMPERADOR

tempestade que assolou o palácio. Sentado diante da sacerdotisa já instalada em seu sarcófago, ao perceber a entrada de D. Pedro II ele girou sua cabeça, mantendo seu corpo imóvel, até que seu pescoço se quebrasse num forte estalo, fazendo sua cabeça pender sobre suas costas. Levantouse e tentou atacar D. Pedro II, que não hesitou em atirar contra seu amigo no meio de seus olhos. ShaAmun-En-Su abriu seus olhos baços e iniciou um cântico mágico. D. Pedro II rasgou dois pedaços de tecido de sua camisa e enfiou em seus ouvidos. Procurou pela tampa do sarcófago, evitando olhar nos olhos dela. Alcançou a pesada tampa e, com suas últimas forças, lacrou o esquife, de onde ainda saíram os sons abafados e agora roucos da sacerdotisa.

D. Pedro II não precisou justificar o acontecido, já que todos os que presenciaram os fenômenos sobrenaturais haviam morrido. Para os outros, para a imprensa e os políticos, disse que havia sofrido um assalto e que cerca de 400 contos de réis em joias da imperatriz Thereza Cristina haviam sido levados por bandidos que invadiram o palácio pelo telhado. Porém, foi o próprio D. Pedro II que escondeu as joias numa pantanosa área nos fundos da casa de um dos serviçais que trabalhavam no palácio. Após uns dias, esse mesmo funcionário encontrou as joias e as entregou ao rei, que pediu ao comissário que arquivasse a denúncia. Logo depois do ocorrido, levou seu neto para Petrópolis, onde ficou isolado, em tratamento médico.

Noite de 15 de novembro de 1889. O Palácio Imperial da Quinta da Boa Vista foi invadido por militares. A família imperial, sob ameaças de soldados com baionetas, foi retirada sem que pudessem levar todos os seus pertences e encaminhada para o Paço Imperial. Estava instaurada a República. Enquanto todos ainda estavam atônitos com os acontecimentos, D. Pedro II se mantinha altivo e triste com o futuro reservado para aquela que poderia vir a ser uma grande nação. Deodoro da Fonseca mentiu ao dizer que ficariam no Paço organizando a saída para o exílio até o dia 17. Porém, com medo dos imperialistas, que já se organizavam para lutarem pela manutenção do Império, resolveu que embarcariam no dia 16, aguardando somente a chegada dos netos do imperador deposto, que, assustados, estavam sendo trazidos às pressas de Petrópolis. Já chegando ao Rio, Pedro Augusto implorou a um serviçal que acompanhava a comitiva que fosse em segredo até o palácio para tentar levar o sarcófago até o cruzador Parnaíba, que estava fundeado junto à Ilha Fiscal. Como pagamento, deu a ele um anel de ouro com o brasão do Império.

PAUL RICHARD UGO

O dia estava amanhecendo quando Josias, com a ajuda de dois escravos alforriados, conseguiu cobrir, com sacos de juta, o sarcófago de ShaAmun-En-Su e colocálo numa carroça. Partiu até a Praia do Caju e, de lá, foi num pequeno barco até o cruzador, conseguindo embarcar a preciosa carga, dizendo serem pertences do imperador.

Às dez horas, Pedro Augusto, Luis e Antônio, netos de D. Pedro II que estavam em Petrópolis, chegaram ao Paço Imperial, para o alívio da família. Ao meio-dia, todos já estavam na pequena lancha do Arsenal de Guerra, partindo do Cais Pharoux e indo em direção ao cruzador Parnaíba. De lá, foram até a Ilha Grande onde, com enorme dificuldade devido ao tempo chuvoso e ao mar agitado, embarcaram no imponente e novo vapor Alagoas. No dia 22, o Alagoas deixou a costa brasileira na altura de Salvador, fazendo com que a família imperial deixasse de vez o território brasileiro. Pedro Augusto, no auge de sua loucura, começou a jogar ao mar mensagens de socorro em garrafas.

Ele estava certo de que todos da família imperial seriam jogados ao mar e mortos pelos marinheiros. Porém, ShaAmunEn-Su poderia ajudá-los, mesmo que fosse necessário sacrificar uma das jovens que faziam parte da tripulação do navio de passageiros. Certa noite, quando todos já dormiam, despistou a guarda e desceu até o alojamento da tripulação. Estava buscando por Franscesca, uma linda jovem italiana auxiliar de cozinha que todas as noites se insinuava a ele quando ajudava com o serviço de jantar. Ao encontrar a pequena cabine de Fancesca, bateu na porta e tão logo a jovem abriu a abriu, foi puxada por Pedro Augusto, que disse em italiano:

— Vamos até o porão! Lá poderemos nos divertir sem que nos ouçam!

Já no porão, segurando a entusiasmada jovem pelas mãos, tateou entre os baús até encontrar o sarcófago de sua sacerdotisa, ainda envolto em várias voltas de sacos de juta.

— Minha querida princesa! Voltaremos ao Brasil e será a minha rainha! — dizia ele enquanto retirava o rústico tecido que envolvia o sarcófago. Afagou a tampa antes de abrir, como se acariciando sua amada. — Não mais irá precisar deste esquife, minha amada rainha! — disse ele, tirando de sua cintura uma corda.

Em seguida, amordaçou a jovem Franscesca, que não entendia o que se passava. Depois de amordaçada, pendurou a jovem pelos pés por uma roldana presa ao teto do porão e arrancou suas roupas. Como um louco, empurrou o pesado esquife até que ficasse debaixo do corpo da jovem que se agitava, tentando livrar-se de suas amarras. Pedro Augusto sacou um punhal de uma de suas botas, fazendo Franscesca arregalar seus olhos de pavor. Pedro Augusto voltouse para o sarcófago e abriu sua tampa. Seu grito de dor e decepção foi ouvido por todo o navio. No lugar de sua sacerdotisa, havia somente pedras. Sha-Amun--En-Su permanecia no palácio. Em seu verdadeiro sarcófago.

RODRIGO DE OLIVEIRA, autor de nove livros já publicados. Seu trabalho mais conhecido é a saga *As Crônicas dos Mortos*, composta por sete volumes, todos publicados pela Faro Editorial. Também escreveu a fantasia sombria *Os Filhos da Tempestade*, publicada pela Editora Planeta. Seu trabalho mais recente foi o livro *Vozes do Joelma*, inspirado numa das maiores tragédias da história do Brasil. Também já colaborou em outros cinco livros e lançará em 2021 seu décimo título, chamado *Entre Mundos*. É casado, pai de dois filhos e vive em São José dos Campos, São Paulo.

CHUPACABRAS

Rodrigo de Oliveira

O menino de apenas dez anos corria entre os galhos e folhas da mata parcialmente encoberta pelo nevoeiro, ainda mais escura pela noite sem luar. Seus pequenos pés descalços afundavam na lama gélida, eventualmente sendo machucados por pedregulhos e pedaços de madeira. Ele vestia apenas um short e uma camiseta brancos, nada mais.

Apesar da temperatura baixa, ele suava em bicas, com o coração martelando dentro do peito, apavorado. Sua respiração estava ofegante e seu peito doía, sobretudo pela sensação do ar frio penetrando em seus pulmões, mas o pânico era tão grande que ele não se atrevia a desacelerar. Sua vida dependia de ele continuar correndo e o garoto sabia disso.

Aqui e acolá os barulhos da floresta chegavam aos seus ouvidos de forma fantasmagórica, aumentando ainda mais seu medo. Macacos e outros bichos faziam os galhos das árvores farfalharem e uma fina garoa começava a cair.

Alguns metros atrás, seus captores continuavam na sua perseguição implacável. O menino ouvia os barulhos dos passos na lama e dos galhos sendo partidos atrás de si, um forte indicativo de que a distância entre ele e seus algozes só fazia diminuir, cada vez mais rápido. Quanto tempo até eles o alcançarem? Um minuto? Trinta segundos? Seu único alento era não fazer ideia de qual era a resposta.

Esgotado, aterrorizado e cada vez mais conformado com seu destino, o pobre garoto sentiu as lágrimas queimarem seus olhos. O líquido quente contrastava com sua pele gelada enquanto escorria por suas bochechas. À sua frente, ele não enxergava nada, apenas mais mata e neblina, além das gigantescas sombras das árvores, praticamente indecifráveis pela escuridão esmagadora.

— Não... meu Deus... me ajuda... — ele murmurou, soluçando alto, sentindo que o desespero finalmente estava conseguindo vencê-lo em definitivo. Suas pernas finas e frágeis de criança sangravam e ardiam, castigadas por galhos e insetos que o feriam de forma inclemente.

Repentinamente um dos seus pés encontrou um galho caído na mata. Aquele pedaço de madeira podre e sem vida poderia ter sido quebrado facilmente por qualquer pessoa, mas foi suficientemente forte para levar João Pedro ao chão. O garoto gritou quando caiu de cara na lama, que penetrou na sua boca e até mesmo nas suas narinas.

Morto de cansaço e com o corpo todo doendo, o menino chorou quando apoiou os joelhos e as mãos no chão. Ao seu redor, ele ouviu nitidamente os sons dos seus perseguidores, que finalmente tinham alcançado a sua presa.

João Pedro fechou os olhos com toda força quando se deu conta que tinha sido cercado. Ele sabia que havia chegado o momento de morrer.

Gabriel esperava pacientemente a fila de carros se mover. Ele detestava a volta dos feriados prolongados, sobretudo quando seu destino eram as praias de Ubatuba, no litoral norte de São Paulo. Ele sabia, entretanto, que não havia nada que pudesse ser feito.

Ele encontrava-se parado no meio da serra da rodovia Oswaldo Cruz, que ligava a cidade de Taubaté ao litoral. Aquele trecho da estrada era íngreme e sinuoso, por isso ele só conseguia ver meia dúzia de veículos à frente e atrás; os outros milhares de carros presos no engarrafamento não estavam visíveis.

Gabriel suspirou. Já fazia uma hora que ele tinha puxado o freio de mão do seu carro, impossibilitado de se mover. A neblina, cada vez mais densa, só permitia enxergar as luzes dos carros mais próximos. A noite, escura como breu, lançava seu véu sobre todos.

Ele tinha vinte e oito anos, dos quais os últimos seis haviam sido dedicados à Polícia Militar do Estado de São Paulo. Negro, com quase dois metros de altura e forte como um touro, ele era um dos membros mais respeitados do seu grupo, tendo sido condecorado certa vez com a Láurea de Mérito Pessoal em 1º Grau, o grau mais alto da honraria da corporação, após impedir um assalto e ter matado dois bandidos.

Apesar do porte intimidante, Gabriel era um homem extremamente calmo. Ele mantinha o sangue frio sempre, o tipo de policial que nunca se alterava, mas que sabia reagir com força letal quando necessário. Por isso era visto como um exemplo pelos seus pares. Apesar do temperamento comedido, entretanto, sua paciência estava se esgotando. Era quase meia-noite, o trânsito não andava e ele estava muito longe de sua casa em Diadema, na Grande São Paulo. Daquela forma, ele acabaria passando a noite toda na estrada e, no dia seguinte, logo cedo precisava retornar ao trabalho.

— Caramba, o que está acontecendo? — ele se perguntou em voz baixa, vendo que o motorista do carro à sua frente tinha acabado de desligar o veículo, provavelmente para economizar combustível. Felizmente ele estava sozinho: sua esposa e sua filhinha de dois anos tinham continuado em Ubatuba na casa de amigos e passariam a semana inteira lá.

Gabriel já tinha feito aquele percurso várias vezes e nunca tinha visto o trânsito tão travado assim. Ele já começava a achar que a razão para aquilo poderia ser algo mais grave, como um acidente, por exemplo.

Cansado de esperar, ele decidiu ligar o rádio: talvez ouvisse alguma notícia que explicasse aquele caos, apesar de achar improvável, pois não estava numa das rodovias mais utilizadas, que tendiam a ser o foco das equipes de reportagens. O aplicativo de trânsito do seu celular também não conseguia lhe dar nenhuma informação porque naquele ponto da estrada não havia sinal. De ambos os lados da rodovia só se via floresta e árvores centenárias. Visto de cima, aquele congestionamento lembrava uma gigantesca cobra feita de luzes de faróis de carros, cercada pela mata atlântica da Serra do Mar.

RODRIGO DE OLIVEIRA

Na rádio, entre muitos chiados e falhas, ele foi escutando os relatos da situação caótica das estradas. Quase todas as principais vias do estado enfrentavam pontos de lentidão pelo excesso de veículos. Foi quando finalmente a radialista responsável pela transmissão começou a falar da situação da rodovia Oswaldo Cruz.

Ela explicou para os ouvintes que tinha acontecido um acidente com um veículo do Centro de Tecnologia Aeroespacial próximo ao começo da serra. O CTA é uma entidade governamental que conduz diversos tipos de pesquisas científicas em São José dos Campos, no interior do estado. Por esse motivo, a rodovia Oswaldo Cruz encontrava-se fechada em ambos os sentidos e não havia previsão da liberação. A jornalista explicava que não havia detalhes sobre o acidente, sabia-se apenas que o mesmo tinha sido classificado pelas autoridades como "muito grave".

Gabriel murmurou um palavrão. Não podia acreditar em tamanho azar. Ele sabia como aquelas coisas funcionavam: um acidente capaz de fechar uma rodovia como aquela, que carecia de infraestrutura, nos dois lados da pista, provavelmente demoraria muito para ser resolvido. Se houvesse vítimas, seria pior ainda.

Gabriel afundou no banco do carro. Não havia nada que pudesse fazer para resolver aquela situação, ele teria que esperar. Para piorar, o sono começava a fazer suas pálpebras pesarem; parado daquele jeito e sem ter ninguém com quem conversar, ele acabaria dormindo logo.

Seu sono passou imediatamente quando começou a escutar o som de tiros à distância.

João Pedro ouviu o som de passos ao seu redor enquanto vozes chegavam aos seus ouvidos de forma muito confusa. Alguns gritavam com ele, outros berravam entre si. Repentinamente, uma espécie de rede foi jogada sobre ele, fazendo com que o garoto caísse de novo com o rosto contra a lama. Aquilo tinha vários pesos de metal nas pontas, o que tornava quase impossível se levantar.

— Não se mexe, moleque! Mãos na cabeça! — um dos homens gritou.

— Parado, filho da puta! — outro berrou, furioso.

O garoto levou as mãos à cabeça, trêmulo. Ele chorava alto, apavorado.

— Todo mundo calmo! — uma voz de comando trovejou logo atrás do grupo enquanto se aproximava. — Calma, João, ninguém vai te machucar desde que você fique calmo e não faça nenhuma besteira, está bem? — O garoto, com as mãos na cabeça e cobrindo boa parte do rosto, assentiu. — Mandem a equipe de contenção, nós pegamos ele! — ordenou para um dos soldados, gritando. — Cadê a porra do helicóptero?!

— A caminho, senhor. Contato em menos de dez minutos! — um dos homens informou, diligente.

— Nós não temos dez minutos, mandem eles se apressarem, caralho! — o oficial ordenou, colérico. — Cadê a equipe médica? Precisamos de uma avaliação, vamos!

Alguns soldados disparavam instruções pelo rádio enquanto o restante vigiava João Pedro, que se mantinha encolhido no chão. Eles eram oito soldados do exército ao todo, todos armados com fuzis de assalto AR-15. Todos olhavam seus relógios nervosamente. O tempo deles estava se esgotando.

Um grupo de três pessoas, dois homens e uma mulher, se aproximavam caminhando pela mata. Eles vinham clareando tudo com lanternas e faroletes, diferentemente dos soldados, que tinham empreendido aquela perseguição utilizando óculos de visão infravermelha.

— Quem diabos é esse garoto que nós estamos procurando? — um deles, um homem que tinha sido integrado à equipe no dia anterior, perguntou. Ele tinha sido designado para aquele projeto sem receber qualquer informação prévia, apenas sabia que se tratava de uma pesquisa supersecreta.

— A pergunta certa não é "quem", mas "o quê" é aquele garoto — a mulher respondeu de forma seca. — Ele é o único sobrevivente de uma série de ataques ocorridos no Brasil alguns anos atrás. Dezenas de ocorrências que tentamos manter em segredo a duras penas.

— Sério mesmo? E quem realizou esses ataques? — o homem perguntou um pouco cético.

— De novo, a pergunta certa não é "quem", mas "o quê". E nós não sabemos.

— Que estranho, era algum tipo de animal?

— Não sabemos como classificar aquilo. Mas pode-se dizer que é uma espécie de animal, sim.
— Droga, de onde ele veio?
— Origem ignorada. DNA impossível de sequenciar. Enfim, um mistério total.
— Não entendo, como é possível que ninguém nunca tenha falado nada? Como uma coisa dessas não saiu nos jornais, na TV etc...?
— Quem disse que não saiu? Foi noticiado em vários programas e reportagens, mas felizmente conseguimos abafar a maior parte dos... detalhes assustadores.
— Isso é muito estranho, não me lembro de nada disso — ele argumentou, sentindo uma pontada de insegurança.
— Lembra, sim — ela falou, virando-se para ele. — Se recorda da lenda do chupa-cabras? Pois é, garanto que não é uma lenda.

A médica, que também era a chefe daquele grupo, se aproximou ansiosa. Ela esperava que não fosse tarde demais.
— João Pedro, sou eu, querido, a doutora Olívia! Fique calmo, meu amor, está tudo bem! — a pesquisadora, que aparentava ter uns 55 anos, falou. Ela e sua equipe usavam equipamento completo de proteção individual, composto por macacão, avental, capuz, luvas, óculos e botas, muito comum para contenção de epidemias.
— Tenente, algum dos seus homens teve contato direto com ele? — um dos pesquisadores perguntou, dirigindo-se ao oficial em comando.
— De forma alguma, seguimos o protocolo à risca. Sem contato de nenhuma espécie.
A doutora Olívia se curvou diante do menino, que tremia e chorramingava de forma descontrolada. O vapor branco saía da boca do garoto aterrorizado, mostrando o quanto estava frio ali, em plena Serra do Mar, a quase cinco quilômetros de distância da rodovia Oswaldo Cruz. Na estrada, meia dúzia de homens mantinham as pistas fechadas, impedindo qualquer veículo não autorizado de se aproximar, causando o imenso engarrafamento no qual Gabriel estava preso.
— Calma, calma, nós não vamos te machucar, está bem? — ela falou, se aproximando do menino e apontando a lanterna para a

cara dele. Instintivamente, João Pedro cobriu o rosto com as mãos, protegendo seus olhos da claridade. — Tire as mãos, meu querido, deixe-me ver seus olhos, está bem?

— Eu... não fiz nada. Me deixem... ir embora... por favor — ele falou, tremendo de frio e medo.

— Calma, querido, só quero ver seus olhos, por favor. Você tem olhos tão lindos, olhe pra mim — a doutora falou, num tom calmo e tranquilizador, apesar de ela estar nervosa.

— Eu não fiz nada, me deixe ir. Eu prometo não contar nada para ninguém — João Pedro falou, soluçando, enquanto se voltava para a médica com o rosto lavado em lágrimas. A pesquisadora engoliu em seco e instintivamente deu um passo para trás.

João Pedro, aquele garoto magricela e branquelo de apenas dez anos, tinha os olhos totalmente vermelhos, da pupila à esclerótica. E ele literalmente chorava sangue.

— Não, João, se acalme, por favor! — a doutora pedia, em tom de súplica. Os soldados, ao verem aquilo, se colocaram em posição de tiro.

— Merda, preparar para atirar! — o oficial falou, erguendo e apontando o fuzil para a cabeça do menino.

— Não façam isso, não atirem! Ainda posso contê-lo! Vamos sedá-lo e levá-lo de volta! — a doutora gritou, mesmo sabendo que seria inútil.

— De forma alguma, temos que seguir o protocolo! Fogo em três, dois...

— Se acalme, João! — ela gritou, enquanto João tremia cada vez mais, com a respiração pesada, ofegante. O menino bufava, como se estivesse com dificuldade para respirar. — Eu vou te levar para casa, apenas...

— Aquele lugar não é minha casa!! — João Pedro ergueu o rosto repentinamente e gritou com uma voz distorcida e enfurecida. Os olhos estavam arregalados, vermelhos e ensanguentados. Os dentes do menino haviam caído e duas presas rompiam a gengiva e cresciam no meio da boca, uma em cima e outra embaixo, afiadas como navalhas. A pele estava com sulcos acinzentados e o nariz parecia ter afundado dentro do crânio, ficando apenas dois grandes buracos das narinas.

— Fogo!

Os homens dispararam ao mesmo tempo, mas era tarde demais. João Pedro se colocou de pé num salto, arrastando consigo a pesada rede que o mantinha preso, e se embrenhou na mata, rápido como uma onça. Ele desapareceu numa velocidade tal que os soldados ficaram sem reação.

— Atirem! Atirem! Não o deixem escapar! — o oficial berrou, abrindo fogo na direção da mata às cegas.

A doutora Olívia e seus colegas deram um passo para trás, assustados. Como eles não contavam com os óculos infravermelhos, aos três restava apenas apontar suas lanternas na direção da mata e tentar enxergar alguma coisa, enquanto os fuzis varriam os arredores.

— Cessar fogo! Parem de atirar! — o tenente gritou após alguns instantes.

Os combatentes cessaram com os disparos imediatamente e o silêncio voltou a dominar a mata. Parecia que todos os seres vivos que habitavam aquele lugar tinham ficado quietos, aguardando o desfecho da situação.

— Doutora, quanto tempo até a transformação acabar? — o tenente perguntou, varrendo os arredores com o olhar, tentando enxergar algo.

— Ele estava sob muito estresse, isso acelera tudo. Vai ser muito rápido, talvez...

Repentinamente, uma fera selvagem e insana rugiu em meio à mata. Seu grunhido foi tão ensurdecedor que bandos de pássaros levantaram voo num raio de vários quilômetros, fugindo da criatura maligna que agora circulava livremente por aquelas paragens.

— Meu Deus, já aconteceu... nós vamos todos morrer — a doutora Olívia falou, aterrorizada.

— Quietos! Quietos! Nós precisamos achá-lo! Fiquem calmos e vamos... — o tenente começou a falar, mas vários galhos e arbustos farfalharam logo à frente do grupo. — Ali!

Todos dispararam ao mesmo tempo. Mas, em seguida, mais arbustos foram remexidos à direita, a uns dez metros de distância.

— Lá! — ele gritou e todos se voltaram e atiraram na mesma direção.

Atrás de todos eles, protegido pela escuridão, algo rápido como um raio passou correndo, quebrando galhos e arbustos. Soldados e pesquisadores se voltaram ao mesmo tempo, mas só viram a mata se remexendo, como se uma coisa veloz e forte tivesse mergulhado em meio à vegetação. Todos abriram fogo de novo.

— Ele está brincando conosco! O que é essa coisa?! — um dos soldados gritou, nervoso. Ele não fazia ideia do que eles estavam perseguindo.

— Ele não está brincando, isso é uma caçada! Ele é um predador e nós somos as presas! — a doutora Olívia gritou, apavorada.

— Mas o que é esse... — o mesmo soldado fez menção de perguntar, mas algo o agarrou pela farda e o arrastou para dentro da mata numa fração de segundos. Ele sumiu em meio à vegetação e à neblina.

— Merda, pegaram o Cortez! Nós precisamos...

Um instante depois, eles ouviram o grito de dor de um homem e o soldado Cortez, que devia pesar ao menos oitenta quilos, voou de dentro da mata, derrubou três dos seus colegas e bateu as costas contra uma árvore. Seu corpo quase se dobrou ao contrário com o impacto e sua espinha vertebral se partiu como um galho seco.

Uma gritaria de desespero e medo irrompeu em meio ao grupo. Num instante, outro soldado sumiu e depois Olívia o viu sendo catapultado a dezenas de metros de distância, arrastando galhos e folhas consigo. Outro homem se virou e foi atingido no rosto por quatro garras afiadas, que deceparam sua orelha esquerda, rasgaram seu rosto, arrancaram seu maxilar fora e fizeram o sangue jorrar das suas artérias. O homem foi jogado longe, mortalmente ferido.

Os soldados iam girando, tentando encontrar seu atacante, atirando a esmo. Um deles atingiu um dos pesquisadores, justamente o homem recém-chegado, cujo sangue jorrou pelo macacão, caindo em seguida. Os gritos dos combatentes subiam às alturas enquanto tentavam frear aquele massacre. E, a cada instante, outro deles caía ensanguentado ou era arrastado para a mata, para depois ser jogado contra o tronco de uma árvore. Um desses combatentes atingiu o tenente, que caiu em meio à mata, longe daquela confusão.

Olívia olhava de um lado para o outro, aterrorizada, vendo os homens que deveria protegê-la caírem como moscas, com seu colega de pesquisa logo atrás de si.

Um instante depois, uma criatura monstruosa se materializou atrás dele. A coisa agarrou o homem vestido com macacão e o jogou ao chão. Ato contínuo, ele agarrou o infeliz pelo tornozelo e girou seu corpo com facilidade, batendo-o contra uma árvore como se manuseasse um machado. O pobre coitado morreu instantaneamente.

RODRIGO DE OLIVEIRA

Olívia virou-se apavorada, com os olhos esbugalhados de terror. Sua lanterna tremia tanto que ela tinha medo de acabar soltando-a por acidente. Diante dela estava uma criatura com quase um metro e oitenta de altura, pele escamosa, braços longos e finos, porém muito fortes, que acabavam em garras afiadíssimas. Suas duas presas, imensas, saltavam para fora da boca que, quando fechada, deixava que ambas se alinhassem lado a lado. Nas costas dele, placas ósseas pontiagudas saltavam para fora da pele. O ser soltava um grunhido baixo e selvagem, animalesco, diante da mulher aterrorizada.

— João... Sou eu, a Olívia... Fica calmo, eu...

A monstruosidade urrou de forma furiosa e seu hálito quente atingiu a médica no rosto. Um segundo depois, o ser arrancou a máscara do rosto dela com violência, levando a mulher amedrontada ao chão.

— Não, João, por favor, não...!

O ser agarrou a cabeça dela e a virou de lado com força. Em seguida, mordeu a mulher na jugular, abrindo imensos buracos no pescoço dela. Olívia tentou gritar, mas a dor sufocou sua voz.

Aquela aberração da natureza sorveu o sangue da sua vítima com tamanha força que as artérias da pesquisadora se retraíram e romperam, enquanto litros do líquido vermelho e quente desciam pela sua garganta em segundos. O coração de Olívia se contraiu tanto com a força da sucção que se partiu.

O ser espremeu o corpo inerte de Olívia de forma ávida, tentando arrancar o sangue dela até a última gota, quebrando-lhe os ossos com o esforço. Quando percebeu que não saía mais nada, ele jogou o cadáver longe, frustrado. Antes que pudesse fazer alguma coisa, porém, um tiro de fuzil reverberou pela serra e o atingiu nas costas, próximo ao ombro.

A fera fugiu pela mata, na direção da rodovia Oswaldo Cruz, enquanto o tenente do exército, o único que tinha sobrevivido ao massacre, partiu em seu encalço.

Gabriel ouviu o som dos tiros cada vez mais próximo. Ele tinha escutado vários disparos, o que fez com que diversos motoristas saíssem dos seus carros, tentando identificar de onde os tiros estavam vindo. Agora os sons estavam menos frequentes, mas bem menos distantes.

— Mas que porra... — ele murmurou quando os disparos reco-

meçaram aos montes. Mas agora ele podia jurar que os tiros estavam sendo disparados na rodovia, porém mais à frente.

Depois os tiros cessaram de novo e aquilo, de alguma forma, soava como um mau sinal. Gabriel não gostou da forma que os disparos tinham parado repentinamente. Ele entrou novamente no carro e buscou sua pistola Taurus 100 .40. Conferiu o pente de balas e pegou um pente extra, só por precaução. Um instante depois ele tinha saído do veículo novamente.

— Voltem para os seus carros, agora! Eu sou da polícia, fiquem dentro dos seus veículos! Não é seguro aqui fora! — ele gritou para os outros motoristas. Ao verem que ele estava armado, aquelas pessoas voltaram para os carros às pressas.

Gabriel permaneceu em meio à rodovia, de arma em punho, observando a fila de carros parados, olhando na direção da curva da rodovia. Seus instintos falavam que tinha algo vindo, ele só não sabia o que era. E sua surpresa foi bem maior do que ele era capaz de imaginar.

Ele ouviu o som de carros derrapando e buzinas sendo tocadas nervosamente. E, de súbito, vários automóveis surgiram na curva em disparada. Eles desciam aos montes, batendo uns nos outros, alguns na contramão. Como a rodovia só tinha duas pistas, uma subindo e outra descendo, alguns desses veículos raspavam nos demais carros presos no congestionamento na ânsia de fugir.

Gabriel arregalou os olhos e correu para o meio-fio, enquanto os carros passavam em disparada, descendo a serra de volta para Ubatuba, como se estivessem fugindo do próprio Diabo. Um som de metal sendo esmagado voltou sua atenção para a curva à sua frente e o que ele viu era surreal. Um caminhão-guincho descia a serra também, mas, devido à velocidade, ele não conseguiu fazer a curva corretamente e agora ele vinha arrastando os carros que estavam parados, atingindo-os em sequência, destruindo-os um a um.

— Puta merda! — ele gritou e pulou a mureta de proteção, saindo da rodovia e caindo no mato um instante antes do caminhão atingir seu carro e jogá-lo contra o veículo de trás, destruindo tudo. O caminhão contornou a curva e sumiu, deixando para trás uma sequência de automóveis destruídos e capotados.

Gabriel piscou com a cena de destruição, ouvindo as pessoas gritando por socorro por todos os lados. Algumas estavam feridas, outras presas nas ferragens e todas, sem exceção, apavoradas. Mas o pior estava por vir: a causa de toda aquela confusão se aproximava.

RODRIGO DE OLIVEIRA

O policial viu algo que só podia ter saído de um pesadelo. A criatura esquálida, de dentes e garras afiadas, com uma longa cauda fina que quase chegava ao chão, descia a rodovia correndo, em quatro patas como um cachorro. Quando parou, entretanto, o ser ficou de pé, olhando os arredores de forma feroz. Inúmeros feridos gritaram de terror diante do monstro de aparência grotesca.

A fera se voltou para um dos carros que tinham sido atingidos pelo guincho e viu uma mulher no banco do motorista, que antes já gritava por estar presa no carro e agora berrava a plenos pulmões diante da criatura.

O ser saltou sobre o veículo semidestruído e golpeou o para-brisa, que estava trincado, com tanta violência, que acabou o arrancando fora. A motorista e os demais ocupantes do veículo gritaram em uníssono. A monstruosidade se abaixou e a olhou diretamente nos olhos. A boca da criatura, que estava suja de sangue, tremia de raiva e fome.

Quando ele esticou a pata na direção da mulher, entretanto, um disparo a atingiu na altura do ombro, fazendo o ser se desequilibrar para trás. Quando a criatura ficou de pé e voltou sua atenção para a origem do disparo, ela viu Gabriel se aproximando, de arma em punho e olhar de pedra. O homem não fazia ideia do que era aquilo, mas tinha certeza de que precisava atirar para matar, e assim ele fez.

O policial descarregou meia dúzia de tiros no peito do monstro. Cada projétil entrava na sua caixa torácica e atravessava no meio das suas costas, fazendo um sangue vermelho-escuro jorrar sobre o capô do carro. A criatura, ofegante e ferida, caiu de joelhos sobre o veículo, diante do olhar petrificado da motorista.

Quando o ser, que vertia sangue pela boca, olhou novamente para Gabriel, ele soltou mais um grunhido, selvagem e dolorido. O policial, que continuava avançando de arma em punho, não titubeou: deu um disparo certeiro no crânio da besta, que caiu para trás, batendo a cabeça no asfalto úmido.

Gabriel se aproximou cuidadosamente do veículo, sentindo o suor escorrer pela sua testa. Quando viu que a motorista fazia menção de sair do carro, ele a impediu.

— Fique aí dentro, aqui não é seguro!

Cuidadosamente, ele contornou o carro e viu a criatura caída. O ser respirava com dificuldade, mortalmente ferido. Ao ver seu algoz se aproximando, ele emitiu um lamento triste, quase suplicante.

— De qual buraco você saiu? — Gabriel perguntou, franzindo a

testa e olhando para aquela mutação monstruosa. Foi quando ele sentiu o cano de uma arma encostando na sua nuca.

— Largue a pistola. Agora — alguém falou, pressionando o cano ainda quente de um fuzil contra a cabeça do policial.

Gabriel sentiu o coração acelerar. Com muito cuidado, ele levantou as mãos e depois, lentamente, depositou a pistola no chão.

— Afaste-se — o homem ordenou. Gabriel obedeceu de imediato.

Quando se virou, o policial se viu diante do tenente do exército que tinha perseguido a criatura. Ele tinha um grande ferimento no ombro, que sangrava de forma abundante. O homem pegou a pistola e abandonou o fuzil, fazendo com que Gabriel se sentisse um idiota: aquela arma estava descarregada. Já a sua pistola ainda tinha meia dúzia de balas no pente.

— Quem é você? E o que é aquilo? — Gabriel perguntou, apontando para o ser que parecia agonizar.

— Aquilo é um chupa-cabras. Algumas dessas criaturas têm sido localizadas ao longo dos anos, mas não sabemos de onde eles vêm. Aquilo ali era um garoto de dez anos, contaminado quatro anos atrás. Foi a primeira vez que conseguimos capturar um vivo e nossos pesquisadores conseguiram atrasar a transformação com medicamentos experimentais, só que ele conseguiu fugir. Sem os remédios, bastaram algumas horas para ele se transformar nessa coisa. Ele te mordeu? Ele mordeu alguém? — o tenente exigiu saber.

— Não, ninguém. Não deu tempo, eu o impedi.

— Ótimo, bom trabalho — o tenente falou, avançando na direção do ser. — Desculpe, João, não queria que isso acabasse assim — ele falou diante da criatura, que o encarou de volta de forma débil. Em seguida, o militar deu dois tiros na cabeça da fera, matando-a de uma vez por todas.

Gabriel engoliu em seco diante daquela cena. Naquele momento, mais do que nunca, ele deu graças a Deus por não ter trazido sua família.

— O que aconteceria se eu tivesse sido mordido? — Gabriel perguntou, olhando para o ferimento no ombro do oficial de forma significativa. Várias outras pessoas observavam aquela cena de dentro dos seus carros, apavoradas.

— O que você acha? Aconteceria isso aqui — o tenente falou de forma estranha, olhando para o ferimento no ombro, através do qual aquela maldição tinha sido transmitida por João para ele também. Em seguida, o oficial ergueu a pistola, encostou o cano debaixo do queixo e apertou o gatilho, explodindo os próprios miolos.

RODRIGO DE OLIVEIRA

PETTER BAIESTORF, cineasta independente, começou sua produção no início da década de 1990 com filmes como *O Monstro Legume do Espaço* (1995), *Eles Comem Sua Carne* (1996), *Gore Gore Gays* (1998) e *Zombio* (1999). Em 2004 foi o co-autor do livro *Manifesto Canibal*, que teorizava sobre produções de orçamento zero. Na sua produção recente se destacam obras como *Zombio 2* (2013), *As Fábulas Negras* (2014, com produção de Rodrigo Aragão e co-direção de Zé do Caixão) e *Ándale!* (2017). Em 2020 lançou o livro *Canibal Filmes – Os Bastidores da Gorechanchada*, onde conta histórias de bastidores de três décadas de produção underground.

IARA - A SEREIA DO PANTANAL

Petter Baiestorf

Reza a lenda que foi mais ou menos pra lá dos cafundós do Pantanal que você encontrou Iara, a sereia das lendas indígenas que te assombravam quando criança.

No dia em que seu marido lhe falou sobre o plano de assaltar aquele casal de fazendeiros ricaços, seu sexto sentido de mulher grávida lhe fez coçar as orelhas. Você sabia que devia seguir sua intuição e não ir junto; afinal, estava grávida de sete meses de seu primeiro filhinho. Somente isso seria motivo mais do que suficiente para que ficasse naquele grande e caro apartamento, que possuíam graças aos roubos e sequestros.

Você sabe que seu marido a teria deixado ficar no apartamento, mas sua ganância foi maior do que a coceirinha que você sentia atrás da orelha. Na verdade, você era viciada na adrenalina dos assaltos, na sensação de poder que o empunhar de uma arma lhe proporcionava, e queria estar lá, junto, tocando o terror naquelas pobres vítimas.

E você pensava ainda que aquele casal de ricaços idosos não tinha nada que guardar tanto dinheiro em casa. Que colocassem num banco, porra! Ou que pagassem pela segurança do dinheiro, não é mesmo? Fosse o que fosse, você queria aquele dinheiro todo pra si porque queria continuar bancando sua vida de luxo e de mordomias mil.

Você se sentia especialmente poderosa na noite em que foram assaltar os velhos. Você, seu filho de sete meses se remexendo animado em seu útero, seu marido com um sexy olhar de assassino carrasco e João, o informante paspalhão que cantou tudo sobre o casal de sovinas ricaços. O informante que vocês já haviam decidido matar após estarem com o dinheiro — afinal, agora você trazia na barriga mais uma boca para alimentar e dinheiro nunca é demais.

Vocês quatro estacionaram o carro perto da fazenda, se armaram até os dentes e calmamente seguiram sob o luar até a casa grande onde os velhos viviam sós. Sozinhos e abarrotados de dinheiro e joias, muito dinheiro e muitas joias, coisa de velhos que não confiam nos outros para guardar suas riquezas.

Era muito fácil, não?

Era só entrar na casa, atirar nos velhos e procurar com toda a calma do mundo o local onde guardavam o dinheiro e as joias. Tinha tudo para ser moleza demais, não?

Como adivinhariam que, no momento de render o casal, já dentro da casa, aqueles velhos filhos da puta estariam limpando suas armas? Como adivinhariam que o velho estaria com uma doze nas mãos e a velha, com uma espingarda de caça, como se estivessem esperando os assaltantes?

Você mal assimilou qual era o objeto que o velho carregava nas mãos quando ouviu o estampido do tiro que arrancou a cabeça de seu marido, fazendo com que toda a parede atrás dele se salpicasse de carne moída triturada e esmigalhada.

Você ficou ali, parada, surpresa, vendo seu marido sem cabeça em espasmos, tombando ao chão. E, antes que pensasse em reagir, ouviu o tiro da espingarda de caça que lhe atorou o braço esquerdo de fora a fora, deixandoo meio pendurado em seu corpo.

A dor que você sentia era intensa, mas quando você viu João se mandar correndo escuridão adentro, você sacou que, mesmo com seu braço dependurado junto ao corpo, mesmo com seu filho agitado dentro de sua barriga lhe chutando nervoso como quem pede para que faça a coisa certa, você também precisava se mandar dali.

IARA - A SEREIA DO PANTANAL

E você se mandou.

Com forças sabe-se lá d'onde conseguidas, você ignorou a dor e correu em direção ao carro, mas já era tarde: você o via se afastar já longe, pois João era só "rodas pra que te quero" para salvar apenas seu próprio rabo.

Confusa, sem saber muito bem o que fazer, você correu o máximo que pôde para dentro dos banhados do Pantanal que circundavam a fazenda dos velhos.

E você correu por um bom tempo pântano adentro. Correu e correu muito, até não aguentar mais e desmaiar sobre seu braço dependurado por um mix retorcido de carne e ossos.

Você já não sentia mais seu filho chutando sua barriga alucinadamente, como se pedisse sua atenção. Você não tinha mais forças para aguentar aquela dor toda e só queria desmaiar em paz e que, de agora em diante, fosse o que o Diabo tivesse lhe reservado.

Assim, você não percebeu quando aquela velha senhora centenária, completamente enrugada e de lento andar, encontrou seu corpo todo fodido e o arrastou até o casebre construído sobre palafitas num rio qualquer do Pantanal.

Você não despertou de seu desmaio enquanto a velha limpou seus ferimentos com um paninho úmido. Também não acordou quando a idosa retirou toda sua roupa e ficou, por um longo tempo, contemplando sua barriga de grávida. Barriga essa que fazia a senhora do pântano abrir um tenro sorriso em seu rosto carcomido pelo tempo.

Você não acordou quando a velha imobilizou com cipós suas pernas e seu braço ainda inteiro. O outro braço, inútil, não foi necessário imobilizar.

Você só acordou quando sentiu o facão empunhado pela velha senhora lhe rasgar a barriga. Aí sim, de um único suspiro, você recobrou a consciência sentindo as mãos da velha entrando em seu útero e arrancando de seu interior quentinho seu inocente filho.

Você tentou se livrar dos cipós, mas a dor lhe impossibilitava de ter as forças necessárias para se desvencilhar das amarras bem apertadas, no estilo indígena do Pantanal.

Urrando de dor, você viu quando a velha se afastou vagarosamente carregando seu filho banhado de seus líquidos gotejantes. Você sentiu o cordão umbilical se esticar até se romper por completo.

Sem forças nem pra morrer, você viu quando a velha largou seu filho prematuramente nascido sobre a mesa da simplória cozinha do casebre. Seu filho, que se remexia desesperado, tentando chorar ou, simplesmente, gritar, sabendo que você o meteu naquela furada.

Você ainda viu a velha começar a preparar o que parecia ser uma refeição. Viu quando ela picou uma cebola inteira, acompanhada de três dentes de alho, salsinha a gosto mais cebolinha verde, para dar o gostinho da felicidade. Você a viu pegar quatro batatas e cortar em rodelas, logo antes de triturar cinco tomates num moedor de carne manual. Pelo jeito, a velha senhora adorava um molho bem grossinho. Manjericão, folhas de louro e um punhado de coentro também foram reservados para o delicioso prato que você via tomar forma diante de seus últimos minutos de vida.

Você ainda pensou, naquele instante, que, se tivesse ficado no conforto de seu grande e caro apartamento, poderia ter proporcionado segurança ao seu pequenino rebento ainda não assado. Mas "e se" é algo que não existe. O que foi feito é o que foi feito. E ali estavam vocês, tu e teu filho, à mercê de uma cozinheira de tão rebuscado paladar. Você nos últimos suspiros e ele pronto para entrar na panela.

Seus pensamentos voltaramse ao momento presente quando você viu a velha senhora colocar banha de porco numa bandeja. Não muito, lógico, somente o suficiente para não deixar as carnes de seu filho grudarem no utensílio doméstico.

Você ficou completamente aterrorizada quando viu seu filho ser colocado na bandeja junto das batatas picadas. Você gritava de pavor enquanto a velha acrescentava os temperos e seu filho chorava, indefeso, tomando o cheiro e o gosto de tão deliciosas especiarias.

Você ainda viu quando a senhora abriu a pequena portinha de seu forno de barro já pré-aquecido e enfiou seu filho lá dentro, fazendo com que a choradeira da criança logo se acabasse após alguns gritinhos mais agudos de dor. Ser assado vivo em tão tenra idade não é mole não, mamãe!

Você viu! Você viu! Você viu tudo, querida mamãe!

O silêncio desolador que você sentiu naquele momento lhe amorteceu os sentidos. Embora você soubesse que deveria sentir toda a dor do mundo — e ainda ser merecedora dessa dor —, você nada sentiu quando a velha serrou seu crânio com um velho serrote sem fio.

Você apenas morreu em silêncio, aterrorizada, olhando cegamente para o forno de barro onde seu filho agora assava para compor o mais fantástico dos pratos macabros.

Morta, você nada mais sentiu quando a velha retirou de sua casca

IARA - A SEREIA DO PANTANAL

sem vida seus miolos ainda fresquinhos. Você nada sentiu quando ela passou sua massa cinzenta no moedor de carne e nada viu quando ela misturou aos tomates moídos que seriam cozidos com muito alho, cebola e uma pitadinha de manjericão com coentro.

Seu corpo morto não viu quando a velha senhora retirou seu filho assado do forno de barro e acrescentou o molho de miolos à gordura de porco que borbulhava na bandeja, deixando as carnes de seu filho crocantes, mas, ainda assim, macias.

Você não viu quando o tétrico prato ficou pronto e a velha o salpicou com muita salsinha e cebolinha verde.

Não viu quando ela cheirou o prato, alegrandose com o aroma indescritível de tão rara iguaria.

Você ali, morta, não viu o prazer magnânimo que a velha sentiu em suas papilas gustativas a cada grande naco da carne bem temperada de seu filho assado, que ela devorava com apetite voraz. A velha parecia estar a vida toda sem comer. E talvez até estivesse.

Você não viu a velha comer todo o seu filho, limpando até o último pequeno ossinho nem bem formado e lambendo os dedos engordurados para então, somente então, dar-se por saciada.

Ali, morta, você nem sequer imaginou que seu filho, e seus miolos, fossem ingredientes de um satânico ritual de uma milenar lenda do Pantanal, parte de um banquete de rejuvenescimento da sereia Iara, a bruxa canibal dos rios brasileiros.

Se você tivesse aguentado viva mais alguns minutinhos, teria visto que após o banquete a velha senhora sofreria uma sanguinolenta metamorfose, em que suas flácidas carnes de idosa centenária amoleceriam, fazendo que, de seu interior gosmento, uma nova Iara, belíssima, com rabo de sereia e tudo, saísse lá de dentro tal como uma borboleta deixa seu casulo, voltando a ser uma encantadora mulherpeixe, que voltaria a nadar nos rios, hipnotizando ribeirinhos e devorando solitários pescadores que se aventuram pelas alucinantes noites do Pantanal.

PETTER BAIESTORF

FELIPE FOLGOSI, ator há mais de trinta anos, Felipe lançou em 2015 sua primeira Graphic Novel, *Aurora*, que foi um sucesso de crítica e público. Depois lançou as HQs *Comunhão* (2017), uma história de suspense e terror psicológico; *Um Outro Dia* (2018); *Chaos* (2019), uma continuação de *Aurora*; e *Knock Me Out* (2020). Também lançou em 2018, seu curso online de composição narrativa chamado Contador de Histórias na plataforma cultural Savoá, e o documentário Traço Livre sobre o quadrinho independente no Brasil, pelo qual foi vencedor do 30o Troféu HQMix. Atualmente está produzindo *Omega*, que encerra a trilogia *Aurora*, com lançamento previsto para novembro de 2021.

Non plus ultra

Felipe Folgosi

Após a última grande guerra, a classe políticocientífica votou pela eliminação mundial do gene XY puro, alegando ser a causa primária da violência humana. Aos poucos XY restantes que sobreviveram à guerra, apenas duas opções eram oferecidas: a terapia de hibridização de gênero crispernove, para quem pudesse pagar, ou a remoção genital para quem não podia. Como exmilitar, dependente de uma ínfima bolsaajuda, não me restou alternativa. Somente aos aborígenes vivendo em regiões não monitoradas e isoladas do mundo, as chamadas "zonas mortas", foi permitido manter a reprodução convencional, por não serem considerados socialmente relevantes.

Esta foi a explicação oficial dada pelo Departamento de Eugenia, mas para quem vive há mais tempo, como eu, era certo que havia outra razão. Spitz, um colega que lutou comigo na batalha de Nova Iorque e que trabalha no departamento, me disse que eles haviam sido deixados vivos como banco de genes, cepas não sintéticas, caso houvesse um novo surto autossômico recessivo, como o grande surto de 33. Mesmo com o aprimoramento da clonagem extrauterina, um novo surto significaria a eutanásia de uma geração inteira, desequilibrando a estase populacional. Como o censo mundial está equilibrado em 500 milhões e não se morre mais de morte natural, a produção de novos clones só é feita para repor os números no caso de surto, acidente ou catástrofe. Com a erradicação do gene XY e a implementação gradual da clonagem extrauterina, subitamente houve um aumento massivo do suicídio feminino, causando uma crise de saúde pública, o que levou ao governo determinar que o gene XX puro também fosse substituído, com os antigos genes XY e XX sendo substituídos pelos modelos XXY e XYX. Assim, o afroditismo passou a ser decreto universal.

Entre os círculos afluentes, apesar de oficialmente proibido, a nova febre são os héterossafáris. Devido à escassez de machos não transgênicos, somente encontrados nas zonas mortas, é um passatempo caro e perigoso. O Spitz disse que descolou um ricaço que precisa de guia e me ofereceu o trampo, desde que eu topasse rachar a grana com ele, o que obviamente fiz.

Combinamos de nos encontrar embaixo de uma antena de alta tensão. O campo eletrostático impede que a Inframind acesse nosso neurolink, mas claro que ao preço de encurtar nossas vidas em alguns dias. Nós, dinossauros préguerra e Inframind, somos a escória remanescente que ainda envelhece e morre como antigamente.

— É um dos poucos bicos que sobraram para capados como nós — diz o Spitz, me passando o arquivo do cliente que quer "coletar" um XY aborígine para material genético.

— "Pra nós" vírgula. Você fica com a bunda na cadeira, quem vai ter que se arriscar naquele fim de mundo sou eu.

— Mas quem é que tem que aguentar os XYX do departamento pra descolar o contato dos "pernilongos"? — Era assim que o Spitz chamava os ricaços. Eles foram os primeiros a passar pela terapia para acrescentar o terceiro cromossomo e serem clonados, isso tudo antes da guerra, quando obviamente era muito mais caro e realmente só a elite podia pagar os tratamentos. Eu já os chamo de vampiros, por eles fazerem constantes transfusões com o sangue de seus clones. No exército rolava o boato de que eles faziam parte de sociedades secretas, Illuminati, que queriam matar Deus, essas coisas, mas tudo isso perdeu sentido hoje em dia; ninguém mais se lembra dessas coisas, nem fazendo uma busca na Inframind aparece a palavra "Deus", quanto mais o que significava.

NON PLUS ULTRA

— Me esclarece, Spitz: pra que o cara quer pegar o DNA do sujeito, é defeito mesmo?

— Provavelmente pra resetar a clonagem do pernilongo que deve tá batendo pino, dando só monstrinho — diz ele, rindo.

— Não tem risco inserir material de um XY na produção? — pergunto.

— Claro, pode rolar um aumento cavalar de testosterona, que reduz a passividade. Se o gene cai no acervo genético do departamento, pode acontecer como no surto de 46, com as mariposas saindo bravinhas por aí, matando os pernilongos. Daí toca o departamento mandar os detefons atrás delas. — Mariposa é como ele chama os clones e detefon, os robôs. O Spitz sempre foi assim, figura.

— É, pouca variedade genética ou perda do controle social... Não é fácil pros seus mestres manter o paraíso eugênico — falo, tossindo, e cuspo um pouco de sangue.

— Mestre é o cacete que já não tenho mais! — diz o Spitz com a mão no que costumava ser seu saco.

— Vambora que a antena tá me fritando — digo. Cumprimentamonos e seguimos em direções opostas. Confesso que estou nervoso. Vai ser meu primeiro trampo desse tipo e a última vez que peguei numa arma foi durante a guerra. Não me agrada a ideia de caçar um homem para um tricromossômico safado, mas não tenho muita escolha; com essa grana consigo imprimir um fígado novo, para tentar passar decentemente o tempo que ainda me resta.

Desde a virada do século, a taxa demográfica tem se mantido estável nos 99,7% de afroditismo. O 0,3% restante, machos ou fêmeas recessivos eventualmente gerados, são considerados falha do sistema e automaticamente abortados. Com a esterilização feminina compulsória e a reprogramação de machos alfa e beta em poucas gerações, os dois sexos foram acabando, sendo os poucos gatos pingados da minha geração os últimos homens e mulheres biológicos, todos incapazes de se reproduzir. Com o governo controlando a produção natal, o índice populacional chegou a uma estabilidade que eles chamam de "sustentável". Após a queda drástica no surto de 22, os números voltaram a um nível aceitável com o desenvolvimento da clonagem extrauterina. Hoje em dia não se engravida mais.

Com a sociedade livre da obrigação reprodutora, um novo código sexual universal foi instaurado, começando pela aprovação das leis necroafetiva e cloneafetiva, seguidas pela lei pedoafetiva, que permite o

FELIPE FOLGOSI

cultivo uma criança para consumo próprio, restando apenas a lei da bestialidade, que acabou de ser aprovada. Finalmente os amantes dos animais também terão seus direitos garantidos. O engajamento da atriz XXY Gena Marllow foi determinante para a conscientização da população:

"Tenho direito sobre minha sexualidade e a do meu cãozinho. Não o forço a nada, ele me procura quando quer."

Espero no ponto de encontro, de madrugada, em frente às docas. Graças à lua cheia, vejo o autobote se aproximando, deixando um rastro branco no mar negro. Assim que o bote atraca, a telaface do robô ascende, mostrando o avatar do cliente, um unicórnio dourado.

— Por favor, entre, senhor Milo, temos pouco tempo.

Pulo no bote. Mal me acomodo e o maldito eletrodoméstico acelera de uma vez, quase me jogando na água. Ao longe, vejo o iate que mais parece uma fragata de tão grande.

— Tá vendo isso, Spitz? — pergunto pelo neurolink.

— Rapaz, se soubesse que o cara tava montado assim, tinha cobrado mais! — ele responde.

Subo a bordo e toda equipe é autômata. Acompanho um deles, que me leva para a área interna. Conforme cruzamos o corredor, começo a ouvir uma modulação em 432 hertz crescente. Quando entramos no ambiente saturado de luz laranja, vejo uma massa de corpos nus, onde não consigo distinguir cada indivíduo separadamente. Do meio da suruba se levanta o cliente, que não se preocupa em botar uma roupa, e vem me cumprimentar com os seios, barriga e pinto de fora, acompanhado de um clone, que só não é idêntico por ser esquálido em vez de exibir a barriga saliente. Durante a curta caminhada, o clone não para de masturbar o sujeito. Desvio o olhar, focando no rosto do cliente, que, pela profundidade do globo ocular, entrega que ele deve ser um pré-guerra como eu. Isso além do fato de ter toda essa grana, porque desde o surgimento da Inframind, que implementou a coletivização universal, ninguém mais consegue acumular esse tipo de riqueza. Quem é rico tem que ser velho, apesar dele parecer ter a idade limite de trinta anos. Os que nasceram pós-crispernove, já com o terceiro cromossomo, param de envelhecer quando atingem os trinta, e para ele parecer jovem assim deve ter gastado uma pequena fortuna em terapia regenerativa. De qualquer forma, idade é um conceito que praticamente não existe mais desde que o calendário foi abolido. E mencionar a idade tornou-se crime de preconceito, por conta da lei pedoafetiva. Junto a isso, a erradicação da morte natural e o surgimento da Inframind fizeram com que o próprio conceito de tempo se tornasse inútil, já que todos os acontecimentos estão instantaneamente disponíveis a todos, em qualquer lugar.

Não sei se é pela força do hábito ou o pelo fato de saber que, diferentemente dos tricromossômicos, vou acabar morrendo, ainda conto os anos. Tenho um aparelho que guardei de antes da guerra, que a gente chamava de celular e que serve para marcar a data, mas deixo escondido no meu casulo, dentro do travesseiro.

— Olá, senhor Milo, como vai? — o cliente pergunta com uma voz que, por mais que ele tente disfarçar, confirma sua velhice.

— Bem, obrigado, senhorx. — O arquivo que o Spitz passou dizia que o vampiro é XYX, base masculina com o terceiro cromo feminino.

— O meu contato no departamento o recomendou muito bem, apesar da óbvia idade avançada.

— Pra esse tipo de trabalho é melhor contar com alguém do tempo em que ainda se sabia matar. — Tento ser cortês na resposta.

— É difícil encontrar um XY hoje em dia, uma verdadeira relíquia — ele diz com uma entonação estranha, que não quero interpretar como sedutora.

— Você é mesmo bicromossômico? — Aquela mariposa esquálida me pergunta, com uma voz aguda de campainha quebrada, enquanto continua fazendo o serviço sujo. Consigo ouvir o Spitz rindo através do neurolink. Bloqueio ele na hora.

— Sim, pouco dinheiro pra pagar pela terapia genética.

— Você não quer participar da nossa brincadeira? Nunca dei pra um XY de verdade! — diz o clone, quase saltitando.

Esforço-me para ser simpático e aponto para baixo.

— Agradeço o convite, mas, sem a terapia, sabe como é, confiscaram meu brinquedo...

— Mas não o seu cuzinho, espero. — Demoro um segundo para processar. O sanguessuga diz isso na minha cara, olhando nos meus olhos e com sorriso nos lábios. Que filho da puta!

Respiro fundo antes de responder.

— É uma honra que o senhorx pense em mim dessa forma, mas conheço o meu lugar. Não cabe a mim misturar trabalho com prazer.

— Ah, vocês do século passado são tão chatos! Ok, recusa entendida. Pode não querer trepar, mas pela lei necroafetiva tenho direito de requerer seu cadáver!

A mariposa junta em cima:

FELIPE FOLGOSI

— Na Inframind não aparece nenhuma requisição! Ele é nosso, Babuh! Você vai deixar eu botar nele também, né?

— Desculpe, senhorx, mas, como ex-combatente, tenho fragmentos de munição radioativa alojados no corpo. A secretaria me deu um atestado de "post mortem nihil contra". — Que prazer ver aquele sorriso escroto indo embora conforme o vampiro fecha a cara. Apesar de conseguir ouvir na minha imaginação o pescoço dele estalando, bloqueio o pensamento antes que ele vaze pelo neurolink na Inframind e eu seja acusado de necrofobia. Nunca pensei que um dia fosse agradecer por ter levado estilhaço envenenado. Prefiro ser comido vivo pelo câncer do que deixar esse verme encostar na minha carcaça.

— Muito bem — ele fala, com um súbito empostamento arrogante. — O autômato vai encaminhá-lo até sua cabine. Chegaremos na ilha em duas lunações — e sai sem se despedir. Ao se virar, vejo que o clone estava com o dedo enfiado em seu esfíncter durante toda a conversa. Às vezes penso se realmente meu tempo aqui já não expirou, que talvez fosse melhor bater as botas logo. Mas não vai demorar.

O latão ambulante me leva até a cabine. Meu amigo, não acreditei quando vi! Um quarto! Realmente um quarto, com uma cama no meio, janela, criado-mudo e até uma luminária, como nos velhos tempos! Ah, que diferença do meu casulo! Acho que não vejo uma cama assim desde antes da guerra, quando a Anne Marie vinha no meio da noite e pulava entre nós, dizendo "papai, papai! Deixa dormir aqui, deixa?". A Celestine nunca deixava, sempre levava ela de volta para o berço no outro quarto dizendo "lugar de mocinha é na sua cama, dormindo sozinha". Essa era minha esperança quando voltei do trabalho e vi as chamas de longe. Da esquina percebi que a bomba tinha acertado nossa casa e, chegando mais perto, vi que parte do telhado e da parede onde ficava nosso quarto tinha sumido.

Enquanto corria, gritava "não, Deus, por favor, minha menininha não!", rezando para que ela estivesse no berço, mas, assim que subi as escadas, vi que naquela noite a Celestine havia deixado ela dormir lá. Os dois corpos estavam carbonizados juntinhos, abraçados. Dor! Horror! Inferno! O que eu fiz, qual pecado indizível para merecer esse castigo! Deus! Saí correndo e gritando pelas ruas, direto para um quartel me alistar. "Aqueles filhos da puta, demônios! Vou matar todos! Todos!"

— O senhor está bem? — O homem de lata me sacode. Estou balbuciando, no chão, envolto em lágrimas. Envergonhado, agradeço, me levanto e mandoo embora. Fazia tempo que isso não acontecia. Foi este quarto, este maldito quarto. Engulo dois dias de ração de benzodiazepínico e mal consigo chegar na cama antes de tudo ficar preto.

Acordo com um comando no neurolink.

— Refeição disponível, senhor.

Não sei quanto tempo apaguei, mas acordo com o amargor na boca de quando perco a hora da quimiogel. Deve ter sido bastante. Acho minha mochila no pé da cama e tomo logo o remédio. Levanto-me e olho pela janela. O sol refletido na água ofusca meus olhos, mas dá para ver que estamos em altomar. Dou uma busca no quarto e encontro uma bandeja de comida sobre a mesa, comida mesmo, nada de sintéx! Merda, devia ter deixado o gel para depois, não vou conseguir comer nada agora.

É uma pera? Não pode ser. Procuro o código serial e não encontro. Por que o vampiro ia gastar uma pera biológica comigo? Só ela custa mais do que recebi pelo trampo. Guardo na mochila. Continuo fuçando o quarto. Pendurado no armário tem um exouniforme, do tempo da guerra, no meu tamanho. Devem ter conferido no Inframind. Melhor me limpar antes de vestir e, pelo luxo do quarto, a última porta deve ser um banheiro. Assim que abro, vejo a sonda sanitária e um saco de vaporização. Tiro a roupa, entro no saco e, assim que aperto o botão, sai água em vez de vapor, água de verdade! Só pela cama, a comida e o banho, este trampo já valeu a pena. Faz tempo que não me sentia como antes da guerra, novamente uma pessoa, um ser humano... e um flash de uma palmeira em chamas vem à mente. Bloqueio a memória logo. É, ser humano, não.

No resto do tempo, confiro o barco. Subo ao convés e pergunto a um robô onde estamos. Ele diz que já passamos de duzentas milhas náuticas, o que significa que entramos na zona morta.

— Exato, senhor Milo. — Ouço o vampiro no meu neurolink, que já começa a falhar. Virome e vejo se aproximando pelo convés, acompanhado por um séquito, provavelmente o mesmo da suruba. Todos estão nus, rindo e se esbarrando, óbvio que quimicamente alterados. Só consigo reconhecer o esquálido, os outros não dá para distinguir quem é clone de quem.

— Olá, senhorx. Já não estamos mais na cobertura do Inframind — respondo.

— Assim o senhor não precisa mais se preocupar com o que vaza do seu neurolink — ele acrescenta com sarcasmo. — Vejo que seu exouniforme ficou perfeito. Você viu a insígnia?

— Não, pensei que fosse novo, sem programação — respondo.

FELIPE FOLGOSI

Ligo o display eletrônico e uma caveira com o número 322 aparecem. É o emblema da minha antiga unidade, Moloch. Éramos o esquadrão da morte do exército e, por isso, secreto. Qualquer informação a respeito é confidencial, não aparece na Inframind.

— Desculpe, mas como o senhorx sabe disso? — pergunto, disfarçando o incômodo.

— Meu caro senhor Milo, como disse, tenho contatos no departamento. Agora que estamos em águas não monitoradas, posso entregar o seu armamento. Me acompanhe.

Vamos até o paiol. Ele manda que o robô abra um estojo de armas e por alguns segundos me falta o ar.

É uma Deckard 82, igual à que eu usava. Seguroa em minhas mãos, sinto o peso e a textura e imediatamente a criança aparece na minha frente, com os olhos inocentes focados em mim, sem saber qual é minha intenção, enquanto a mãe implora de joelhos ao lado: "por favor, meu bebê não, tenha piedade!". A criança se assusta com o barulho quando aperto o gatilho e a mãe tomba morta. Mesmo assim, ela continua me olhando, muda, agora sabendo o que vai acontecer em seguida.

— O senhor está bem? — O vampiro me tira do transe.

— Sim, senhorx. Apenas confuso porque pedi uma pulso de luz Looker e não... isso. Vamos capturar um XY, não abater um drone.

— Não se preocupe, a Deckard está adaptada com o feixe ótico. — Ele soa como se fosse um conhecedor. — Achei que você gostaria de usar sua antiga arma.

Realmente aquilo me irrita. Como ele tem essas informações a meu respeito? Será que o Spitz contou?

Mas por quê?

— Preparese, senhor Milo, em breve partiremos. — Ele sai, seguido de sua festa ambulante.

Antes de sair, noto dois cases de drones militares. Aproximo-me e leio na etiqueta que são modelo Hefesto, incendiários. O vampiro tem acesso a todo este equipamento que foi banido há muito tempo. A questão é como.

— Não é permitido permanecer no recinto — azucrina o robô.

A princípio, toda arma letal foi destruída no surto de 46. Não adianta só dinheiro; para arrumar isso é necessário influência, e não consigo imaginar em que nível das esferas de poder ele deve circular. No alto comando do governo central, talvez?

— Não é permitido permanecer no recinto, senhor.

NON PLUS ULTRA

— Ok, tamagotchi, não estressa. — Cara, como robô é chato!

Foi o tempo de pegar minha mochila e voltar para o convés. Os robôs estão acabando de carregar o quadricóptero, enquanto o vampiro se despede da comitiva com um beijo coletivo, envelopado em um macacão de seda camuflado, deixando claro que nunca colocou o pé em uma floresta.

— Tô tão animado! Vamos caçar um XY de verdade! — O esquálido mal consegue conter seu frenesi.

— Gostaria de lembrar, senhorx, que nosso acordo é pra uma só pessoa — digo, com parcimônia.

— Olha, Babuh, esse velho decrépito tá querendo me limar! Vai se foder, seu bicromo de merda!

Reação surpreendentemente agressiva para uma mariposa. Fico pensando se o esquálido é um dos clones de que o Spitz falou, que estavam começando a bater pino.

— Calma, você vai conosco. Não é senhor, Milo? — o vampiro retruca.

— Se o senhorx faz questão... Mas aviso que estamos indo pra um ambiente hostil, logo não me responsabilizo pela salvaguarda delex...

— Delay, seu puto! Sou XXY! — a mariposa late em cima.

— Me desculpe o engano, senhory, mas já não consigo acessar meu neurolink. — Mal termino de falar e o esquálido passa por mim, esbarrando e enganchando o macacão também camuflado em meu exouniforme. Ele se solta com raiva e me encara antes de entrar no quadricóptero. O vampiro se aproxima de mim, baforando em meu rosto um hálito adocicado de candidíase oral.

— Fique tranquilo, senhor Milo, eu me responsabilizo por elay. — Ele diz aquilo como se estivéssemos indo para um piquenique em vez da zona morta. Subo no transporte depois dele e vejo, no assento de piloto, um robô que é claramente um detefon, apesar de parecer adaptado para operação civil. Queria poder mandar uma teleimagem dele para o Spitz, mas nada de sinal. O robô coloca o quadricóptero suavemente no ar e, assim que ganhamos altura, os picos da ilha aparecem à distância.

— Posso lhe fazer uma pergunta, senhorx?

— À vontade.

— Há pouco, notei dois drones Hefestos no paiol do barco, que não via desde os tempos da guerra. Qual o propósito desse material a bordo?

— Mera segurança, senhor Milo. Não que eu desconfie de seus talentos, mas, caso haja algum imprevisto, o autômato tem no protocolo o envio imediato do drones.

— Com todo respeito, senhorx, vou dar um conselho como ex-militar: um imprevisto pode ser resolvido, mas, se os drones forem lançados, não há nada a se fazer.

— O senhor tem alguma história da guerra pra nos contar? — interrompe a mariposa, já bemhumorada. A mudança ciclotímica de ânimo deixa claro que ele realmente tem um parafuso a menos.

— É uma época de que não gosto de me lembrar, senhory, desculpe.

— Memória. Esse é o último calvário, não é, senhor Milo?

Começo a questionar se o vampiro me contratou por algum outro motivo que desconheço.

O voo é curto. Chegamos logo à praia, sobrevoando a linha das árvores.

— No estuário, a cem metros, seguimos rio adentro — comando ao robô. Todo o treinamento volta em um segundo: parece que estou sobrevoando as montanhas Catskill, com o Spitz pilotando ao meu lado e o Haiashi atrás de nós, na metralhadora.

Entramos na mata em direção ao interior da ilha, acompanhando o rio.

— Vá mais devagar — ordeno.

Andamos uns bons dois mil metros e nada, até que avisto uma canoa no meio do rio. É um XY, negro, forte como um touro, pescando com lança. Mando o robô parar.

— Babuh, isso que é um homem, então? Olha os músculos dele! — o esquálido diz, se debruçando para frente.

O XY percebe nossa presença e fica nos olhando, esperando nosso próximo passo.

— Marca ele com o rastreador termal — digo para o robô.

— Afirmativo, senhor.

— Vou me içar no cabo e você me leva em direção a ele. Quando ele me vir, vai fugir. No momento que sobrevoarmos terra firme, eu me solto e continuo indo atrás dele. Vocês vão na frente, escaneando o terreno, mas sempre corrigindo sua localização pela direção em que ele estiver indo, antecipando seus movimentos. Quando encontrarem uma clareira, pousem. Você tem diretriz pra contato físico?

— Não letal, senhor.

— Ótimo, assim bloqueamos o caminho. Mantemos contato pelo

NON PLUS ULTRA

transmissor.

— E eu, faço o quê? — o esquálido pergunta, com um olhar de vira-lata faminto.

— Por favor, permaneça em segurança no quadricóptero, senhory.

— Merda, caralho! — responde, espumando e batendo com as mãos no assento.

Começo a suspeitar que ele sofre de Tourrete.

— Assim que o imobilizar, recolho o DNA. Há necessidade de algum tecido ou material específico, senhorx?

— Pra que a pressa? Todo esse trabalho pra acabar assim, sem nenhuma diversão? Não, senhor Milo, eu quero currá-lo.

Ouço aquilo como se não tivesse ouvido. Meu estômago embrulha e tenho vontade de usar a Deckard.

— Posso lhe perguntar algo?

— É claro.

— Me desculpe, mas não entendo porque ir tão longe e gastar essa fortuna se o senhorx pode ter o XYX ou XXY que quiser.

Ele me encara sorrindo.

— Qual a graça de sodomizar quem quer? O prazer está em violar, em pegar aquele espécime bruto, que poderia me matar com uma só mão e roubar sua masculinidade, seu orgulho e, depois de submetêlo, olhar no fundo de seus olhos e ver que ele sabe que eu o possuí, que agora ele é meu. Compreende, senhor Milo?

Compreendo a sua psicopatia, sadismo e perversão, mas prefiro não estender a conversa.

— Racionalmente sim, senhorx.

— Então, o senhor concorda? — Ele me testa.

— Meu papel é garantir a sua segurança, apenas isso. — Chega desse papo. — Ok, piloto, pode abrir.

Saio pela lateral e me conecto no cabo. Assim que o XY me vê, ele pula na água. O maldito robô não espera que eu desça pelo cabo e acelera, fazendo com que eu despenque uns oito metros. O tranco me lembra de que não tenho mais idade para isso. O XY é incrivelmente rápido na água, chegando na margem em poucos segundos. Ligo o exouniforme, programo a velocidade de contato com o solo e me desconecto. Aterrisso meio desequilibrado; afinal, são anos de ferrugem acumulada, mas consigo acertar o passo. O quadricóptero some de vista, enquanto o XY dispara à minha frente. Se não fosse o traje, eu não teria a menor chance de acompanhálo. Ele corre, deslizando pela mata, desviando

FELIPE FOLGOSI

dos galhos, enquanto eu passo arrebentando tudo. Começo a ganhar terreno, mas sinto o gosto de sangue na boca — não vou conseguir acompanhar muito tempo.

— Como vocês estão? Acharam algum lugar? — pergunto pelo transmissor.

— Afirmativo, senhor. Continue em linha reta por 300 metros — responde o robô, como se fosse simples assim.

O XY começa a desviar para a direita, então saco a Deckard e dou um tiro em uma árvore, fazendo com que ele fique na trilha. Mas, em um movimento, ele se vira e atira a lança em minha direção, só me dando chance de virar o tronco, mas sem evitar que ela acerte a bateria central do exouniforme. Não vou ter gás por muito mais tempo. Continuamos a perseguição e, quando o traje começa a falhar, a mata abre e vejo o quadricóptero no chão, mas não é apenas uma clareira; tem uma choupana ao fundo e, de dentro dela, sai o vampiro, acompanhado pelo robô, que arrasta uma mulher, e o esquálido, que traz uma criança. O XY para instantaneamente e olha para mim, dizendo algo em seu dialeto, como que implorando pela vida de sua família.

— Senhor Milo, faça seu trabalho! — o vampiro grita.

Disparo o feixe ótico e o XY cai no chão, sem controle do seu sistema motor.

— Vire ele nessa direção — ordena o vampiro, enquanto se aproxima, abrindo o macacão.

Encaro-o, abismado e pergunto.

— Você quer fazer isso na frente deles?

— Claro, assim dá muito mais tesão... — ele responde, já ereto.

— Senhorx, a família não estava no acordo. Fazer isso com o sujeito já é degradante, mas na presença da mulher e filho...

— Que pudor é esse, senhor Milo? Afinal, o senhor não era do esquadrão Moloch, especializado em genocídios, especialmente de crianças? Requisitei ao Spitz um assassino sem empatia nem remorso e ele disse que você era o pior de todos, ou, a meu ver, o melhor.

Ele fala com uma assertividade irônica, sabendo que contra isso não tenho argumento. O porquê da escolha fica claro agora. Abaixo a cabeça para não olhar a mãe e o menino e arrasto o XY, colocando-o de frente para eles. Viro-me de costas depois que o vampiro abaixa as calças do homem, mas não consigo bloquear o som de seus urros misturado com os gemidos do vampiro, enquanto a mulher clama e a criança chora. Do nada meu olho enche d'água. Surpreendo-me comigo mesmo, não choro desde a... Eu a vejo na minha frente, minha doce Anne Marie, sorrindo e brincando contra a luz, mas logo seguida vejo as crianças, centenas, milhares, degoladas, rasgadas, trucidadas, furadas, esmagadas, esmurradas por mim. Por mim.

— Pode acabar o serviço, senhor Milo.

Virome e vejo o homem sangrando nas partes baixas. Ele me olha com um olhar indescritível, que só quem já viu alguém desenganado em um campo de batalha conhece. Saco a arma e atiro.

— O que o senhor fez?! Era para coletar o DNA, seu imbecil! — o vampiro berra.

— Não que o senhorx compreenda, mas nenhum homem consegue continuar vivo depois de ser humilhado dessa forma.

— Seu porco hipócrita! Que autoridade moral o senhor tem para me julgar?

— Nenhuma. Não foi pelo senhorx, mas sim por ele, que não conseguiria mais encarar a mulher e o filho novamente depois do que aconteceu.

— Mulher e filho? Você se identifica com essas bestas primitivas, senhor Milo?

Sorrio.

— Pra mim, eles são mais humanos que você, senhorx.

O vampiro arranca a criança das mãos do esquálido, lívido, e esbraveja para o robô.

— Uso de força letal autorizado!

O detefon não decepciona. Ele acende igual uma árvore de natal enquanto ativa sua diretriz de combate, me apontando um laser de plasma.

— Por crime de preconceito, poderia exigir sua execução imediata, mas quero ver até onde vai esse seu novo apreço pela vida, você ou este animalzinho, escolha.

Olho para os olhos do menino, como olhei milhares de vezes antes sem nunca sentir nada. Mas não desta vez. A única coisa que consigo ver é a Anna Marie sorrindo para mim.

Saco a arma e aponto para sua cabeça, mas ela continua rindo.

— Atira! Quantas crianças o senhor matou? Centenas? Por que mais uma faria diferença? Ou o senhor se regenerou por acaso? Encontrou Deus?

Ela dá uma gargalhada gostosa e diz "papai!".

— Não, senhorx. Minha alma está condenada ao inferno, como a sua também.

FELIPE FOLGOSI

Disparo ao mesmo tempo que o detefon. A diferença é que salto usando o resto da bateria do traje: ele me acerta na barriga, mas eu dou um tiro certeiro que explode sua cabeça. Vejo o rombo em meu abdômen; dois, três minutos no máximo. Aponto a arma para o vampiro.

— Seu louco! Os Hefes—

Não dou tempo de ele terminar a frase. O corpo cai no chão estrebuchando. O esquálido começa a gritar tão alto que o silêncio depois do tiro traz um alívio acolhedor. Ele tinha razão, eu havia perdido minha alma havia muito tempo. Roubei tantas vidas inocentes que não há redenção para mim.

— Toma. — Estendo a arma para o garoto, que me olha temeroso. — Pega. — Ele se aproxima e agarra a arma da minha mão, como um bicho assustado roubando comida. — Vai, corre. Corre!

Aponto para o céu e passo o dedo na minha garganta. A mãe entende meu sinal, pega o menino e sai correndo mata adentro. Não passa muito tempo e vejo a floresta já pegando fogo ao longe. Minha mão está coberta de sangue. Começo a ouvir o barulho dos Hefestos: eles passam rasante, incinerando tudo à minha volta. As labaredas iluminam o céu, que fica vermelho enquanto as fagulhas flutuam no ar ao meu redor. É lindo. Vejo as palmeiras em chamas. Não vai demorar muito agora.

TIAGO TOY, nasceu em Jaboticabal e se mudou para São Paulo em 2009. Começou a publicar textos nas redes sociais em 2008. Foi convidado pela editora Draco quando atingiu a marca de meio milhão de leituras. Pela editora, lançou dois livros da série *Terra Morta*. Em 2015 decidiu estudar a arte da escrita e amadurecer suas técnicas — algo que demonstrou em sua participação no livro *Vozes do Joelma*, que teve seus direitos adquiridos para o cinema. Hoje trabalha no roteiro do filme com importantes nomes da indústria cinematográfica.

E O QUE VOCÊ FEZ?

Tiago Toy

A ntes que o homem fechasse a porta atrás de si, o clarão de um dia ensolarado invadiu o interior da casa, assim como um rumor de risos e conversas, mas logo foram expulsos pela penumbra dominante.

Viu-se em um vestíbulo estreito. O odor do lugar o repelia tanto quanto o enfeitiçava. Do alto, pendia um lustre tomado por teias e ferrugem, suas lâmpadas mortas. Uma réstia de luz penetrava por diminutas fissuras na sanca de madeira, sem conseguir, de fato, abençoar as sombras, pois era escorraçada como se ali não pudesse existir.

Um ressoar veio do andar superior — o som distante, mas agourento — e logo retumbou nas paredes descascadas e comidas pelo mofo. As trevas se intensificaram com a chegada de alguém. Parado no mezanino, suas mãos amorfas apoiadas na balaustrada, era feito de tentáculos etéreos, negros, e uma densa aura de negatividade. Emanava um sentimento intenso, funesto. Carregava consigo a desgraça. Não possuía olhos, mas o homem captou o peso de ser observado por ele. Não sentiu medo em sua essência mais pura. Era mais como o choque de enfim ver algo que já aguardava, como uma má notícia. Sabia que viria.

Acompanhou sua descida pelos degraus, o trajeto imutável. Além do seu impacto no ambiente — livre de sons, mas presente —, o silêncio imperava. Nem mesmo os ecos que deveriam vir de fora existiam. O mundo exterior havia se calado em respeito ao que acontecia naquele tabernáculo.

Sem um momento de hesitação, a figura seguiu pelo único corredor disponível, penetrando seu interior incerto. O homem reconhecia aquela casa. Vivera nela havia tempos, tempo demais até. Ainda assim não sabia o que encontraria em suas entranhas. E temeu. Porém, em seu íntimo, não havia opção senão acompanhar o outro. Era para isso que estava ali. *Não há motivos para voltar atrás.*

Você está enganado. A resposta irrompeu do corredor, a silhueta do desconhecido distanciando-se em uma marcha lenta. A voz tinha algo de familiar.

Seguiu-o.

Adiante, frente a uma vidraça, o estranho parou. Seu contorno mostrava ora apêndices negros, ondulantes, amalgamando-se às sombras, ora um manto que ocultava sua identidade, escondendo-o no recôndito do disfarce. Um átimo de hesitação, e então o homem foi até ele. Ao alcançá-lo, notou que ele parecia atentamente observar o que acontecia do outro lado da camada de vidro embaçado pelo tempo.

Como a um filme antigo, feito de películas desgastadas e superfícies borradas, lavado e descolorido pelas névoas e pela umidade de uma geração, ele assistiu sua mãe, em plena juventude, linda e feliz. Linda por estar feliz. Ela se debruçava sobre um corpinho diminuto, de perninhas hiperativas e mãozinhas curiosas. O homem viu a si mesmo em seus primeiros meses de vida. Puxou da memória, enquanto observou-se quando bebê, se tinha recordação de ter se sentido tão indefeso, tão inocente. Nada lhe veio à mente. Tornara-se dono de seu mundo, seguro de si, e confiante em suas escolhas.

Ruborizou ao ver a mãe trocando a fralda carregada de sua sujeira, ela todo o tempo com um sorriso estampado no rosto de feições cansadas, mas banhadas em deleite. Mesmo quando a mão esbarrava no cocô ela não expressava nojo. O gesto de cuidado carregava paciência, serenidade, dedicação. De uma forma irrevogável, ela estava disposta a

E O QUE VOCÊ FEZ?

ser o mundo para ele.

Tomado pela nostalgia, mais por curiosidade do que por tristeza, ele caminhou até onde a vidraça terminava e adentrou um passo no cômodo, mas estacou, paralisado. A cena mudara. Sua mãe continuava ali, porém em outra época. Sobre um leito de hospital, o lençol manchado de urina, estava sozinha, acompanhada somente do som ritmado de uma máquina à cabeceira, esta contando cada doloroso segundo de solidão com um bipe. Havia sido abandonada por aquele a quem tanto se dedicara. Esquecida como se nada valesse.

Ele se virou ao guia, pronto para justificar o abandono, ainda que incerto de quais palavras usar, mas desejoso de desfazer o inchaço que se formara em sua garganta. Viu-o se afastando, parte do manto sumindo por outro corredor. Sozinho, voltou-se à sua mãe e se deparou com seus olhos entreabertos, lacrimosos, a encará-lo. Incapaz de proferir a mais simples manifestação de consolo, ou mesmo de desculpar-se, girou nos calcanhares com o impulso da covardia e fugiu.

Ao virar no corredor adiante, encontrou o guia, imóvel, defronte de outro cômodo. Um eco de teclas sendo digitadas e um coro de vozes submissas e desgastadas escapava do recinto. Antes que percebesse, estava ao lado do outro, sentindo-se tocado pela sua imaterialidade. Não foi o roçar dos braços como algas negras transpassando seu corpo que o abalou, mas assistir à outra situação que ele antagonizava.

Viu-se em um ambiente corporativo, lugar onde os acertos o haviam feito ascender, e os erros, aprender. Aprender o que precisava ser feito para conquistar o que acreditava ser valioso. Apesar de ser uma época em que fragilizou sua saúde em prol de metas; apesar de ter soterrado relações e momentos reais com expedientes extras; apesar de não rememorar motivos para sorrir além de cifrões, gozou de uma desajustada familiaridade, o mais próximo de algo bom que sentia de forma verdadeira ao reviver aqueles tempos.

Sentiu uma fissura nessa dita sensação de conforto construído ao enxergar, às suas costas, algo que lhe passou despercebido na época. Atados aos seus cubículos e com aparatos telefônicos presos como freios à cabeça, figurantes enfileirados, monocromáticos, lançavam olhares de desprezo. Confidenciavam entre si opiniões sobre ele, os lábios crispados de ódio, medo, repulsa. Não enxergou em qualquer um deles o respeito do qual tanto se gabara de ter conquistado. *Inveja.*

De volta a si, admirou o próprio porte como a uma obra de arte, os movimentos precisos, resolutos. Orgulhou-se ao constatar quão forte

TIAGO TOY

havia se tornado. Diante do chefe, uma alegoria sem rosto, de cujos bolsos escapavam cédulas respingadas de saliva, suor e sangue, viu-se armando um sorriso convincente. Só ele mesmo poderia descrever a força dos cabos que puxavam os cantos de sua boca para exibir aquela careta de amabilidade adulterada. Os músculos faciais doíam, e encontravam alívio somente entre quatro paredes.

O superior murmurou algo entre os lábios viscosos.

Mostre que é forte.

Viu-se surpreendido, mas atuando para mascarar a surpresa. Uma promoção.

Identificou o conceito da cobiça nos próprios olhos. Seu eu profissional girou o pescoço, um ofídio escolhendo a presa, ao mesmo tempo em que os olhares de desprezo recuaram, tentando fazerem-se invisíveis, e voltaram-se às telas dos computadores, estas refletindo somente os números que cada um deles representava, prestes a serem subtraídos, anulados.

Embora tentasse negar, naquele momento era uma criança, sem consciência de suas ações. Parecia entoar um "uni duni tê" mudo, lutando contra a vontade de brincar também com o indicador e apontar cada cabeça enquanto maquinava o resultado de sua escolha. Enfim escolheu um rapaz, sem conjurar maiores consequências além da ascensão e, ignorando o medo em sua face, apontou-lhe o dedo em riste.

Pesou a escolha sobre fatos. Lembrou-se que o rapaz já o desafiara, que era contra seu tratamento para com as pessoas, e que não eram raros os momentos em que se encontrou sem argumentos para refutá-lo.

Eu fui obrigado a demiti-lo. Precisei cortar alguém para mostrar que sabia tomar decisões difíceis.

Sem resposta do guia, exasperou-se ao sentir-se julgado. Este passou à sua frente lentamente, por um momento fundindo-se à vidraça, que se turvou em negro.

De que outra forma eu poderia provar que tinha pulso firme senão demitindo alguém?

O negrume no vidro foi se diluindo e, à medida que o outro retomava sua forma, o homem deparou-se com outra cena. O rapaz demitido estava em sua casa, contando a má notícia à esposa, que por sua vez foi acometida por uma crise de choro e tosse. Suas figuras dissiparam-se como fumaça, e logo retomaram novas posições. Ele no sofá, alcançando uma lata de cerveja sobre um móvel onde havia uma pilha de latas vazias sobre cartas de recusa. Recusas por "Não contratamos in-

E O QUE VOCÊ FEZ?

divíduos de índole violenta", "Submissões sem carta de referência não são avaliadas", "Suas experiências não preenchem os requisitos". Às suas costas, a esposa discutia com um adolescente, estendendo-lhe um prato de comida, com mais prato do que comida, e recebia impropérios agressivos como resposta. Ela se desculpou, tossindo, e abriu passagem ao garoto. Apoiada nas costas do sofá, assistiu o filho saindo e batendo a porta. Luzes vermelhas e azuis refletiam num ritmo enlouquecido pela janela, por onde via-se o rapaz tendo o rosto pressionado contra o vidro por um policial. Ele apanhou, e foi levado. A mãe chorou e desfaleceu, sumindo atrás do sofá. O demitido, agora tomado por um tom amarelado, mais magro, a barriga inchada de forma grotesca, entornou um último gole de cerveja e, enquanto amassava a lata entre os dedos, lançou um olhar ao homem, que assistia à sua desgraça. O dedo em riste agora vinha do miserável no sofá. Covarde, incapaz de encarar as sequelas de seus atos, o homem virou-se e rapidamente se afastou, deixando para trás o guia a observá-lo, sozinho com as próprias sombras.

Ao adentrar o próximo corredor, vislumbrou, diante do que parecia outro cômodo, o guia a esperá-lo. Os escuros tentáculos dançando ao seu redor, os movimentos tétricos em nada evocavam o balançar fleumático de quando descera os degraus da entrada, uma lembrança distante, como se fora em outra vida.

Do novo aposento, viajou até ele o som de uma risada que, ao invadir seus ouvidos, fê-lo sentir o coração ser comprimido.

Eu não quero ver isso.

Com as mãos tapou os olhos, torcendo para estar longe dali. Os risos avolumaram-se, quase adquirindo uma condição sólida. Entreabriu dedos e olhos, e viu-se diante de uma cortina transparente. Aquela lembrança, sim, recordava-lhe sensações agradáveis. Contudo, algo pesado, sujo havia enterrado a mais bela das flores.

Através do véu enxergou outro dos muitos personagens interpretados por si mesmo. Acompanhado dela, abraçavam-se sobre a cama de lençóis claros e aquecidos pelo amor que deles emanava. Riam, guerreavam com travesseiros, gargalhavam, e rolavam aos beijos e cócegas. No canto do olho de seu eu espectador uma lágrima se formou.

Como sinto sua falta.

Uma brisa gélida balouçou a cortina e, por uma fresta, ele viu a cena mudar. Ela chorava, sua linda face agora rubra e molhada. Erguia um celular e por pouco não o esfregava no rosto dele. Viu-se atônito, desarmado diante da descoberta de sua traição. Gritos de raiva.

Decepção. A cortina novamente cobriu seu raio de visão, agora mais densa, e ele a puxou no ímpeto.

Divisou-a em um local iluminado, os braços em concha. Ninava um bebê. Ele tinha os olhos dela. Viu-a sorrindo, um sorriso genuíno, completo. Braços fortes vieram das costas dela e a envolveram pela cintura. Por um impulso orgulhoso, o homem quase atravessou o cortinado, mas empacou ao ver tais braços sustentando as mãos dela e, por conseguinte, o bebê. A família exalava segurança, cumplicidade, cada um disposto a confiar no outro.

Na transparência da cortina, viu-se usurpando o posto daquele que a merecera. Parecia tão bom estar ali. Poderia ter sido o seu futuro. Vivia agora somente nas lembranças dela, e tais lembranças viriam sempre acompanhadas de um sentimento amargo.

Ela virou o pescoço e os lábios se uniram.

Por que me mostra essas coisas? Quem é você?

Volteou ao redor de si mesmo, encolerizado pela sessão obrigatória de tortura psicológica. Procurou o maldito guia, aquele que tomara a tão insólita experiência para enaltecer o que de pior havia germinado pelo caminho que ele trilhara em sua vida. Como se nada bom tivesse feito. Uma erva daninha, estragando tudo que havia tocado.

As sombras rodopiaram junto a ele, um redemoinho mesclando-se em tons cinzentos, plúmbeos, negros. Parou, nauseado, mas o ambiente continuou a girar. O corredor diluíra-se na espiral. A cortina e a traição que ela abrigava mesclaram-se ao vórtice. Trevas e lágrimas rodavam, infinitas. Reconheceu sons distantes, longe demais para serem corrigidos. Os bipes de uma máquina fria. Sirenes e lamentos. Uma marcha nupcial. Num impulso mergulhou no turbilhão de piche e atravessou seu desconhecido.

Viu-se em um cômodo amplo, desprovido de móveis. Vazio, mas com notas amassadas e objetos corroídos empilhados nos cantos. As paredes, nuas e cinzas, não tinham janelas. Havia apenas uma porta e, bloqueando-a, encontrou o guia. Os tentáculos haviam desaparecido. O manto fora abandonado. Suas feições eram ainda incógnitas, mas tinha a forma de uma pessoa. Alguém como ele próprio. Cerrou os punhos e dirigiu-se em sua direção, decidido a extravasar a frustração com violência. À medida que avançava, percebeu o outro seguindo ao seu encontro, deixando a cada passada as sombras para trás. Os passos de ambos ecoaram, e então detiveram-se cara a cara.

O corpo do guia era tomado por tumores e cicatrizes, antigas e

 E O QUE VOCÊ FEZ?

recentes. Dos cantos de sua boca rugosa escapavam larvas. Seus olhos eram cegos, enevoados, as escleras tomadas por uma rede de veias enegrecidas. Os dedos amputados culminavam em tocos apodrecidos, onde os indicadores inexistiam. Admirado com tamanha deformidade, as ações lhe faltaram. Não sentiu compaixão, mas aversão àquilo. Nunca vira algo tão feio.

Você é repulsivo, ambos disseram, como num espelho. Uma só voz.

E viu a si mesmo.

Notou, então, os movimentos refletidos. Sob a podridão, um amontoado de medalhas conquistadas, ele vivia. Tentou se afastar, mas foi impedido pelo seu outro eu, que não se moveu. Ergueu a mão, e teve o gesto imitado. Procurou acima, em busca de pistas que entregassem o truque, como um espelho ardiloso, que lhe pregava uma peça. Não havia molduras. Atrás do outro, de si, entreviu vultos a observá-lo, imersos nas sombras, estáticos.

Desviou o olhar, sucumbindo à covardia de encarar o que realmente havia se tornado. Buscou em seu íntimo, mas não encontrou arrependimento.

Há gente muito pior. Outros me superaram. Não?

A mão de dedos amputados pela indiferença para com o próximo, antes rápidos para apontar e arbitrar, pousou sob seu queixo e ergueu seu rosto. Obrigou-o a olhar. Seu eu podre aproximou-se e um beijo se formou. A união dos lábios iniciou a fusão. Os tumores e vermes penetraram sua pele enquanto ambos e um só envolviam-se num abraço vergonhoso. Num aperto, o ar foi roubado do peito. Uma vertigem o tomou. O reflexo perdeu forma, até desaparecer.

Viu-se sozinho. Os vultos não mais estavam lá. Encarou as próprias mãos, inteiras. Investigou o corpo. A pele imaculada; parecia perfeito. Não havia nada de errado com seu exterior.

Voltou-se à porta. A réstia de luz do sol invadia, fraca, pelas gretas, com esperança de entrar. Com passos vacilantes foi até ela e envolveu a maçaneta com os dedos de unhas bem-feitas. Uma vez mais olhou por sobre o ombro. Do corredor de onde viera, nada ouvia. O eco de suas escolhas havia morrido e fazia agora parte de outra existência.

Girou a maçaneta.

Diante do que viu, tirou os sapatos e acomodou-os no canto.

E saiu.

Por um rápido momento a luz invadiu o interior, mas sua entrada foi logo interrompida quando a porta se fechou.

TIAGO TOY

OSCAR NESTAREZ, escritor, tradutor e pesquisador da literatura de horror. Atualmente, cursa doutorado em Estudos Comparados de Literaturas de Língua Portuguesa pela FFLCH-USP. Como ficcionista, publicou a coletânea *Horror Adentro* (Kazuá, 2016) e o romance *Bile Negra* (Pyro, 2018) - que recebeu o prêmio Aberst 2018 de melhor romance de horror -, além de contos em inúmeras antologias. Como tradutor, já verteu importantes obras para o português, como *O Castelo de Otranto*, de Horace Walpole (Novo Século). Também é colunista da revista Galileu, para a qual escreve sobre literatura de horror.

A CAMINHO DE LÍDIA

Oscar Nestarez

— Alô?
— Alô, dona Iara? É a Regina. Tudo bem?
— Oi, Regina. Tudo bem, querida, e você? Algum problema com a Lídia?
— Não, não, pelo contrário. Você a viu nos últimos dias?
— Não vi, mas falei com ela era ainda ontem. Ela parecia bem.
— Isso, eu percebi a mesma coisa na nossa última sessão. Ela parecia mais tranquila, acho que a medicação nova tá fazendo efeito. Aí pensei em te ligar pra saber a sua impressão.
— Bom, no telefone ela parecia bem. Eu fiquei de passar lá, mas ainda não consegui. Tô arrumando a casa, e você sabe como demoro. Não sou mais a mesma de antes...
— Eu sei. Mas, se a senhora conseguir, dá uma passadinha lá hoje, por favor? Ela me ligou agora.

— Agora?

— É, bem cedo, mas só pra dizer que tá tudo bem. A voz dela tava super tranquila, de um jeito que acho que nunca ouvi antes.

— Claro, eu passo lá sim. E te aviso quando sair.

— Obrigada. Acho que vamos ter boas notícias com esse novo remédio que ela tá tomando.

— Deus queira, minha filha.

Iara demorou certo tempo para colocar o telefone de volta no gancho. Ficou segurando o aparelho por alguns segundos, indiferente ao "tu-tu-tu" do outro lado da linha; precisava revolver o que tinha acabado de ouvir. Já havia se acostumado a receber ligações da psicóloga da irmã, mas sempre em tom de alarme. "Não estou conseguindo falar com ela" e "sabe se está tudo bem?" eram as frases mais repetidas por Regina. Não havia se preparado para o oposto disso. Um telefonema avisando que sim, estava tudo bem? Era novidade. Ainda com o fone na mão, refez os planos do dia enquanto olhava ao redor: decidiu deixar a organização da casa para amanhã. Passaria na casa de Lídia o quanto antes.

"O quanto antes", porém, demoraria a chegar. Iara caminhou devagar da sala até o quarto de seu pequeno apartamento — mais lentamente do que o fizera um dia antes, com certeza. Era evidente que perdia agilidade. Foi difícil tirar a camisola e, enquanto trajava um vestido florido para sair e calçava as sandálias cor de creme, entre suspiros e gemidos, sentiu-se frustrada. A ligação de Regina a havia deixado subitamente alerta naquela manhã, despertando a totalidade de seu cérebro. E foi essa aguda consciência que, sem o querer, ela dirigiu ao próprio corpo de quase 80 anos, cujos movimentos pareciam tornar-se mais incertos e alquebrados a cada novo nascer do sol. Se sua mente seguisse pelo mesmo caminho da carne, não haveria problema. Mas acontecia o oposto. A cabeça permanecia lúcida, veloz, atenta à decrepitude que, dia após dia, avançava sobre seus movimentos, fraquejava seus membros e lhe roubava a energia vital.

Iara ainda estava imersa nesses pensamentos quando fechou a porta do apartamento e entrou no elevador. O solavanco da cabine levou-a de volta para Lídia, e por isso sentiu-se aflita. Agora era a viagem do décimo segundo andar ao térreo que parecia levar uma eternidade. Nunca tinha reparado na lerdeza do elevador, ou no quão barulhento era. Enquanto descia, pareceu-lhe que o prédio inteiro era habitado por ferreiros, e que todos trabalhavam e marretavam naquele exato

106 A CAMINHO DE LÍDIA

momento. Quantos anos tinha o trambolho? Iara não saberia dizer, mas devia ser tão velho quanto o prédio. Ela mesma já não se lembrava de quanto tempo fazia que morava lá. Nem de quanto tempo Lídia morava em um edifício igualmente velho, na mesma rua, dois quarteirões acima.

— Bom dia, dona Iara. — A voz de Cícero, o porteiro da manhã, interrompeu-lhe os pensamentos. Assim como o elevador, o homem pareceu estar sentado ali desde sempre.

— Bom dia, Cícero — respondeu com um sussurro.

Fosse qualquer outro dia, ela teria parado ao lado da guarita envidraçada para conversar com o rapaz sobre o clima ou sobre as novidades do prédio. Mas não naquele momento. Seguiu arrastando as sandálias pelo piso de linóleo que levava ao portão gradeado, o olhar fixo em um ponto incerto à frente, mais além.

Iara buscava a data exata em que havia se instalado naquela rua de Perdizes, e logo o ano de 1965 cintilou em sua mente. Sim, mudara-se para o prédio com Egídio, alguns meses depois de se casarem. No começo, alugaram o apartamento; só conseguiram comprá-lo uma década depois. Fora um dos primeiros edifícios erguidos no bairro da zona oeste paulistana, e agora era um dos poucos remanescentes daquela época. O próprio Egídio já não existia; Iara era viúva fazia sete anos. Por uma condição do marido, que não produzia espermatozoides o suficiente, não tiveram filhos.

Lídia, por sua vez, demorou anos para acompanhar a irmã naquela região. Na verdade, a mudança fora sugestão de Amélia, a mãe de ambas. Notando a instável condição psicológica da filha mais nova, ela convenceu o marido, Armindo, a comprar um pequeno imóvel próximo ao da primogênita, para que Iara se mantivesse por perto quando os dois não pudessem mais cuidar da caçula. Foi uma decisão acertada, já que, algum tempo depois do casamento da mais velha, Armindo submergiu no Alzheimer, e a mãe teve de se dedicar quase que integralmente a ele. O pai acabou falecendo em 1980 e Amélia o seguiu dois anos depois, em 1982.

Dessas datas, Iara se lembrava muito bem. Recordou-se também, ao atravessar o portão rumo à calçada, do exato instante em que a mãe faleceu; e de como Lídia, contra todas as probabilidades, mostrou-se firme enquanto ela própria sucumbiu. Essas reminiscências a tocaram com suavidade, como a vaga luz do sol matinal. E como os pássaros no ar azulado acima, as memórias seguiram umas às outras. A morte de

OSCAR NESTAREZ

Armindo fora esperada, mas a de Amélia, não. Não de forma tão rápida, pelo menos. Ela pareceu definhar da noite para o dia, até morrer praticamente de inanição. Ou "de desgosto", como se dizia naqueles tempos. Iara não aceitou essa rendição e, à tristeza pela morte, juntou-se o ressentimento contra a mãe; pois sabia que, a partir de então, caberia a ela cuidar da irmã, que jamais se casara. Caberia a ela cuidar da família que lhe restava, afinal.

Com o tempo, entretanto, Iara constatou que não havia nada de novo nessa função. De uma forma ou de outra, sempre vigiara Lídia; pelo menos desde suas memórias mais remotas. Quatro anos as separavam, e desde o início ela fora uma espécie de guardiã para a irmã caçula. No entanto, os sintomas dos distúrbios apareceram — ou se tornaram mais evidentes — apenas durante a juventude. Eram meados de 1960, época em que pouco se falava de depressão, e menos ainda de doenças correlatas, como o transtorno bipolar. Mas logo ficou claro que algo não andava bem com Lídia. As mudanças de humor sem razão aparente; os dias e dias de prostração e silêncio, durante os quais os olhos dela estavam sempre úmidos; a compulsão por comida, seguida pela recusa por se alimentar; os indícios foram se multiplicando com o tempo, até se tornarem realmente preocupantes.

— Oi, dona Iara. — Agora foi a voz grave de Nestor, do mercadinho ao lado do prédio, que a pinçou do devaneio. A voz e o estardalhaço metálico da porta de enrolar do estabelecimento, que ele ergueu de uma vez só. — Dia bonito, não é?

— Olá, Nestor. — Iara lançou um rápido olhar para o rosto dele e se inquietou. Algo não parecia certo. Aquele sorriso, talvez? Nestor era um homem taciturno, ela não se lembrava de vê-lo sorrindo. — Sim, dia lindo.

Seguiu adiante, atenta aos buracos e às depressões na calçada, e depois ao dia. De fato estava bonito: nenhuma nuvem no céu, agora azul e profundo. A chuva do dia anterior lavara o véu marrom-acinzentado que se instala em São Paulo durante os períodos mais secos e, à direita, a paisagem arborizada do Pacaembu revelava-se saliente, vibrante. Ela apurou os ouvidos e se deu conta de que o canto dos pássaros soava mais estridente, nítido e belo; soava mais.

Seriam sinais? Indícios de que tudo ficaria bem? Talvez, mas Iara não estava acostumada a nada disso. Na verdade, perdera a conta de quantas vezes fizera o mesmo trajeto cogitando o oposto — o pior — após uma ligação preocupada de Regina ou da doutora Vilma, a

108 A CAMINHO DE LÍDIA

psiquiatra de Lídia. Eram caminhadas tenebrosas, durante as quais ela via o rosto morto e distorcido da irmã em todo lugar, em todos os cantos; chegava a se forçar a essa macabra projeção, de modo a se preparar para o que encontraria quando abrisse a porta. Durante o caminho, sentia-se invariavelmente acossada pela culpa por não ter feito o bastante, por não ter conseguido salvá-la.

Para piorar, aquelas ligações haviam se tornado mais frequentes nos últimos anos. Com o avanço da idade, a condição da irmã parecia se deteriorar, e as chances de alguma espécie de cura diminuíam sensivelmente. Até então, haviam tentado de tudo, tanto no campo da medicina quanto fora dela. Alguns tratamentos, como a estimulação magnética transcraniana, chegaram a trazer resultados animadores por um razoável período — em outras palavras, estabilidade e equilíbrio. No entanto, a certa altura, sempre ocorria aquilo que a família temia: a constituição mental de Lídia parecia organizar-se contra o procedimento, rechaçando-o. Então ela voltava a cair, ou a recair; e de alturas vertiginosas. Eram esses os momentos mais preocupantes, em que Iara costumava receber as ligações.

O telefonema daquela manhã, contudo, fora diferente. Regina ligara para dizer que Lídia estava bem; isso era novo. Assim como eram novas as expressões das pessoas com quem Iara cruzava conforme avançava, sempre devagar, rumo ao edifício da irmã. Havia pouca gente por ali, ainda era cedo; mas os rostos pareciam mais leves, tranquilos do que de costume. Ou talvez fossem os mesmos de sempre, e o que mudara fora a luz sob a qual ela os observava. Não apenas isso; a rua toda também soava mais serena. A audição de Iara sempre fora sensível e, naquela manhã, além dos pássaros mais canoros, não escaparam dela os rugidos contidos de poucos carros e ônibus, soltos pela rua como feras amansadas.

Sim, tudo estava bem diferente do que nas outras vezes. Iara chegara ao quarteirão do prédio de Lídia e, ao passar pela agência bancária ainda fechada, lembrou-se do assalto que presenciou ali, alguns anos antes. Era o cair da tarde e dois homens em uma moto abordaram uma moça que acabava de sair da agência; um deles, arma em punho, obrigou-a a passar a bolsa. Tudo aconteceu em segundos, mas Iara ficou marcada para sempre. Na ocasião, ia apenas visitar a irmã, não se tratava de um alerta de Regina; mas interpretou aquilo como mau sinal e apertou o passo. Ao chegar ao apartamento de Lídia, o alívio: ela estava bem e recebeu a irmã mais velha com um sorriso tão amplo quanto raro.

OSCAR NESTAREZ

Estaria assim agora? A doutora Vilma havia conversado com Iara sobre o novo medicamento, o canabidiol, ou CBD, a tal substância extraída da maconha. A irmã mais velha torceu o nariz de imediato. "Vão chapar a Lídia? Ela vai virar maconheira aos 74 anos?" A psiquiatra tentou convencê-la; explicou que a pesquisa sobre as propriedades terapêuticas da Cannabis sativa avançava a passos largos, e que o CBD era uma novidade e tanto para o campo de distúrbios psiquiátricos e de doenças neurodegenerativas. Iara se lembrava bem dos termos e da conversa devido à irritação que sentiu ao ouvir os detalhes. Os pais haviam tentado de tudo; ela havia tentado de tudo. E estava cansada de poções mágicas que fatalmente se provavam embustes. Sentia-se velha demais para ter qualquer esperança. Mas não dependia dela, e Lídia havia concordado com a mudança no tratamento. A irmã mais velha apenas fora comunicada disso.

Ao parar em frente ao prédio e tocar o interfone, Iara cogitou estar errada. Ou torceu para estar errada. E se de fato o medicamento cumprisse o que prometia? E se, após décadas de sofrimento, sua irmã, sua querida irmãzinha, tivesse enfim encontrado uma paz duradoura, ou pelo menos começado a vislumbrá-la?

— Bom dia, dona Iara. — A saudação de Geuvânio, o zelador do prédio de Lídia, acompanhou o estampido metálico do portão destravando. Quando ela entrou e passou pela cabine, o homem a surpreendeu: — Dona Iara, eu ainda não consegui falar com a dona Lídia. A senhora agradece ela, fazendo o favor?

— Claro, Geuvânio. — Parou por um instante. — Mas por quê?

— Pelas doações. Tantas roupas bonitas... sapatos... Por favor, diz pra ela que agradeço demais, viu? Vai ajudar muito a minha família lá no Maranhão.

— Ah, sim. Pode deixar.

— Ainda não consegui falar com ela.

— Claro. Eu também tenho umas coisinhas pra deixar com você. Na próxima vez que vier, eu trago.

Sorrindo, Iara acelerou o passo o máximo que pôde enquanto os agradecimentos do zelador sumiam atrás de si. E ainda sorria ao aproximar-se do elevador. Então a caçula havia acatado sua sugestão? Depois de tanto tempo, Lídia enfim resolvera fazer uma limpeza no guarda-roupa para se livrar de coisas que estavam lá fazia milênios? Iara estava convencida de que roupas e objetos velhos não retinham boas energias. E, depois de tanto insistir, parece que finalmente havia conseguido persuadir a irmã disso. Outro bom sinal — o mais contundente de todos, sem dúvida.

Entrou no elevador e, com o dedo trêmulo de expectativa, pressionou seguidas vezes o oitavo. Mais uma eternidade se passou até que, com outro solavanco, ela saiu para o andar da irmã. Aquele corredor sempre a incomodara, com a lâmpada fluorescente piscando errática; mas agora, não, a luz branca estava firme. O coração acelerado, Iara aproximou-se da porta do 84 e bateu levemente. Sem resposta. Tentou a maçaneta: aberta, como de costume.

A porta penteou o piso acarpetado e Iara entrou devagar, pé ante pé, como sempre fazia. A casa estava na penumbra, também como de costume. Lídia tinha uma rotina de sono irregular devido aos remédios, e mantinha sempre as cortinas fechadas para sonecas diurnas. Quando a irmã mais velha aparecia por lá, cuidava para não interromper um descanso casual. Ao entrar, apurou o olfato: a mesma mistura de umidade e essências florais pairava sobre o corredor que levava da porta à sala de estar. Pisando com suavidade, Iara avançou por ali, o coração galopando, à procura de antecipar o que encontraria logo à direita.

Quando chegou à sala, o galope sossegou. Percebeu o contorno escuro e familiar no outro lado do cômodo: Lídia estava sentada na sua poltrona preferida, de veludo bege, próxima à grande janela. Devia estar dormindo.

Iara aproximou-se e, com cuidado, abriu uma pequena fresta nas cortinas de tecido azul-escuro. Quando a luz passou por ali e clareou o ambiente, ela olhou para a irmã e sorriu mais uma vez. Lídia era a expressão da serenidade. As sobrancelhas tranquilas acima dos olhos cerrados, a testa lisa, sem qualquer vinco de aflição, a boca sutilmente arqueada em um sorriso, os ombros soltos e os braços relaxados nos encostos: toda ela parecia muito mais apaziguada do que o habitual. Iara veio em sua direção, e somente seus ouvidos teriam captado o ressonar da irmã, o levíssimo assobio do ar passando por aqueles lábios entreabertos. Aproximando-se sempre, afagou-lhe os cabelos encaracolados, os cachos de que sempre gostara, e que agora estavam totalmente brancos.

Lídia abriu calmamente os olhos, com os quais sorriu para Iara.

— Minha irmãzinha querida... Eu te acordei. Desculpe.

As duas permaneceram em silêncio por algum tempo, banhadas pela réstia de sol que atravessava a sala. Olhavam-se fixamente e Lídia continuava sorrindo; parecia apreciar o toque da irmã mais velha em seus cabelos. Quando falou, foi em um sussurro sonolento, a voz rouca e aguda:

— Eu estou bem agora. Vai ficar tudo bem.

Os olhos de Iara encheram-se de lágrimas. Ela se agachou e disse:

— Que bom saber disso, meu amor.

Não queria que Lídia voltasse a dormir. Queria continuar conversando com a irmã. Após anos e anos de comunicação atrapalhada pelos remédios e pela prostração, havia tanta coisa a trocar, tanta coisa a lembrar. Tanto amor a expressar. Iara pensou em algo prático para dizer:

— O Geuvânio agradeceu as doações. — Também falava aos sussurros, como se evitasse interferir naquela atmosfera de paz. — Que bom que você resolveu se livrar de algumas coisas.

— Ele é um homem bom.

Iara quase não conseguiu ouvir a frase, e os olhos de Lídia voltaram a se fechar. A boca dela parecia seca; a doutora Vilma havia alertado para eventuais efeitos colaterais do CBD. A irmã mais velha procurou alguma garrafa de água pela sala, mas não encontrou. A caçula sempre se esquecia de se hidratar, desde pequena. Era inacreditável que até então não tivesse enfrentado nenhum problema nos rins.

Roçando com cuidado os pés no carpete, Iara dirigiu-se para a cozinha, cuja porta ficava em outro corredor, no lado oposto da sala. No mesmo instante ela reparou que havia algo diferente ali: molduras.

Antes vazia, a parede do corredor agora estava cheia de... fotos? Sim, eram fotos, Iara descobriu ao se aproximar. Olhou maravilhada para elas e logo percebeu que seguiam uma linha cronológica: à direita, no canto mais escuro da passagem, estavam registros minúsculos em preto e branco das duas irmãs bem pequenas. Ao lado, imagens um pouco maiores de ambas ainda crianças, depois adolescentes e, já coloridas, como jovens adultas. Chamou-lhe a atenção o fato de haver apenas fotos das duas, sem os pais ou quaisquer outras pessoas. Todas emolduradas e organizadas com cuidado. De muitas delas, Iara nem se lembrava mais, e não conseguiu conter as lágrimas ao vê-las.

A linha cronológica prosseguia. Com o passar dos anos registrados nas fotos, ficou evidente que a expressão de Lídia foi se tornando menos vivaz, mais pesarosa. À medida que via as imagens, Iara foi se lembrando da confusão de sentimentos experimentada por ela própria ao longo do tempo. Raiva, por julgar que a irmã se portava de maneira infantil; ressentimento, pela atenção excessiva que recebia dos pais;

tristeza profunda seguida pela empatia, por enfim entender que se tratava de uma doença, de um processo químico; até chegar ao conformismo atual, que se misturava à impotência e à frustração. Pairando acima de tudo, a culpa, inevitável e atroz, por não ter feito o bastante, não ter sido o bastante. Ela procurava se perdoar, sobretudo após longas conversas com Regina. Mas algo lá no fundo a impedia de esquecer que seria responsável por uma eventual fatalidade ocorrida à irmã.

Iara perdia-se em meio a esses pensamentos quando chegou a uma última foto, à esquerda, quase na divisa entre o corredor e a sala. E se surpreendeu: era bastante recente, de seu último aniversário, celebrado meses atrás. Ela estava sozinha na imagem, feita na cozinha de seu próprio apartamento, diante de um pequeno bolo. Era o único registro daquela sequência em que Lídia não a acompanhava.

Mas algo além disso tampouco parecia certo. Lentamente, Iara chegou bem perto da foto, até seus olhos focalizarem um detalhe. No vidro que a sobrepunha, estavam refletidas as silhuetas da sala de estar logo atrás de si. Então, pairou o silêncio e ela se viu bem no centro dele. Olhou uma, duas, três vezes, até seu cérebro enfim compreender o que a visão comunicava: ao fundo, e diante da janela com a fresta, o devastador contorno de uma poltrona vazia.

FÁBIO FERNANDES nasceu no Rio e vive em São Paulo. Professor no curso de Jornalismo da PUC-SP, traduziu dezenas de livros, entre os quais *Laranja Mecânica* e *Belas Maldições*. Como escritor, publicou entre outros *Os Dias da Peste*, *De A a Z: Dicas para Escritores* e *Back in the USSR*. Em 2013 morou em Seattle, onde estudou na conceituada oficina literária Clarion West Writers Workshop, tendo como instrutores Neil Gaiman e Joe Hill, entre outros escritores de primeira linha do mercado anglo-americano. Em 2021 lança no Reino Unido a coletânea de contos *Love: an Archaeology* e a novela steampunk *Under Pressure*.

FLORENÇA E A MÁQUINA

Fábio Fernandes

22 de outubro de 1503

A máquina do tempo me trouxe a Florença ao pôr do sol. As cores do crepúsculo são lindas: tons de laranja e amarelo douram as nuvens que rodeiam o grande sol vermelho descendo atrás do gigantesco Duomo branco de Brunelleschi. Não consigo conter as lágrimas.

Caminho por entre as ruas apinhadas de gente, mas pelas quais passo com folga, bem diferente das ruas da São Paulo do século 21. E como são diferentes as construções! Como em toda cidade grande (e Florença no início do século 16 é uma cidade grande), há prédios de três e quatro andares, sobrados estreitos, casebres caindo aos pedaços. Ruas com pedras de calçamento bem assentadas, por onde caminham pés descalços, pés com sandálias de couro, pés com chopines que identifico pelo som da madeira desses sapatos ancestrais de plataforma batendo na pedra, pois os vestidos de suas donas são longos demais e arrastam no chão.

Absorvo tudo o que posso. Mas continuo caminhando apressado; se tudo der certo, haverá tempo mais tarde para banquetear meus sentidos. Antes, preciso garantir minha permanência nesta época.

E evitar que Leonardo da Vinci destrua o mundo.

Entro no ateliê devagar, cada passo medido e calculado. Com reverência.

É um espaço grande, bem arejado, com janelas pequenas e elevadas para deixar a luminosidade entrar, mas ao mesmo tempo impedir lufadas de vento que pudessem espalhar os papéis espalhados pelo aposento.

No meio da sala, um homem escreve curvado sobre uma mesa apoiada em cavaletes. Seus cabelos compridos e a barba enorme parecem se incendiar com a luz do sol que o inunda. Ele tem 51 anos, e os fios não têm mais o tom castanho-claro original. Em sua vaidade, porém, ele os tinge com uma mistura de nozes e água sanitária, e os fios brancos não aparecem. Sua cabeça está baixa, e eu não vejo a cor de seus olhos.

Respiro fundo e solto um pigarro para anunciar minha presença sem fazer alarde. Por toda a minha vida me preparei para este momento.

Ao perceber minha presença, Leonardo da Vinci se levanta, olha para mim e abre um leve sorriso.

Seus olhos são castanhos.

Eu tenho 25 anos e, por toda a minha vida, fui apaixonado por esse homem.

23 de outubro de 1503

Leonardo me aceitou como assistente no seu ateliê. A carta falsa de recomendação de um nobre veneziano deu certo. Mas só isso não será suficiente; agora preciso fazer valer todo o tempo que passei treinando na Agência, aprendendo técnicas renascentistas de pintura.

Antes de qualquer viagem, um agente precisa se aclimatar à época. Fui escolhido por ter formação em História da Arte e mestrado em técnicas de pintura de Leonardo da Vinci. Isso não bastava: a imersão no italiano falado no Alto Renascimento e nos hábitos e costumes de

Florença de então foram fundamentais. Seis semanas de drogas mnemônicas e ambientes virtuais fizeram de mim um homem deste tempo. Não terei nenhuma dificuldade aqui.

24 de outubro de 1503

Quanta dificuldade, meu Deus! Leonardo se aborreceu comigo logo de saída. Que utilidade posso ter para ele se mal sei pegar num pincel, e meu *sfumato* é pavoroso? Felizmente, suas cóleras não são tão violentas nem duram muito. Mas não se ouve um gênio como Leonardo gritar com você impunemente. Fiquei trêmulo e precisei segurar as lágrimas.

E tudo se passou no meio do ateliê, na frente dos outros assistentes. E para o deleite de Salai. Ah, Salai! O *pequeno demônio*, na verdade o significado exato do apelido desse rapaz que se chama Giacomo e que Leonardo tanto ama, mas que hoje não tem mais a pequena estatura dos dez anos, quando o mestre o levou para viver consigo. O sujeito agora deve ter uns vinte e poucos anos. Imenso e musculoso, dá medo. Ele riu gostosamente quando me viu ser humilhado pelo mestre.

Não importa. Não é esse o meu objetivo aqui.

Preciso me concentrar.

30 de outubro de 1503

Meu objetivo se avizinha.

Hoje Leonardo me levou para conhecer seu projeto de estimação — um dentre muitos, mas que, ele me assegurou, tem um lugar especial no seu coração.

A Máquina.

Leonardo já projetou muitas máquinas — em sua maioria, mecanismos para teatro, estruturas muito sofisticadas para sua época, e que fizeram muito sucesso nos palácios dos Sforza e dos Médici. Para esses nobres e guerreiros, ele também projetou engenhos de guerra.

Mas nenhuma dessas máquinas se parece com a que tive diante de meus olhos hoje.

O pentagrama era cercado por um anel, um círculo perfeito de bronze sobre um plinto de pedra. Em cada uma das pontas do pentagrama, um símbolo que não fui capaz de reconhecer, mas que, tudo leva a crer, seja uma escrita arcana desenvolvida pelo próprio Leonardo.

Ele não era um homem supersticioso. Era acima de tudo um cientista, alguém que testava hipóteses e muitas vezes fazia experiências simplesmente porque queria ver o que aconteceria.

FÁBIO FERNANDES

Esse era o problema ali. Após ler uma série de tratados de demonologia do século 13 durante suas pesquisas, ele havia se convencido de que os tais demônios nada mais seriam que seres abissais, vindos do centro da Terra, e ele estava tentando abrir um canal para essa região sem precisar perfurar a crosta terrestre, algo tão além da capacidade da época que nem mesmo ele poderia resolver.

Foi então que Leonardo descobriu a energia etérica.

Existem Terras alternativas onde essa energia é usada em vez da eletricidade. Não são lugares recomendáveis para visitar.

A energia etérica vibra em uma frequência inteiramente diferente das energias, digamos, mais palpáveis em nossa realidade, como a elétrica ou a nuclear. Por isso, ela é capaz de abrir portais dimensionais com facilidade.

O problema é a troca de energia. Lavoisier só nascerá daqui a duzentos anos, mas o princípio de conservação de massa que depois levará seu nome é a mais pura verdade. E o que costuma acontecer nesses casos, logo que a energia é canalizada pela primeira vez, é: tudo ao redor da fonte original é destruído. Ou melhor: transladado com violência, digamos. Aparentemente, parte dos destroços é enviada para outra dimensão, enquanto a contraparte de lá é trazida para a nossa. E uma série de consequências inusitadas pode ocorrer. A mais suave é a ionização da atmosfera a ponto de gerar uma luminosidade semelhante à de uma aurora boreal, mas no planeta inteiro, erradicando a noite e criando um dia eterno.

A mais pesada é uma reação nuclear em cadeia capaz de incendiar a atmosfera e matar todas as formas de vida em poucas horas.

Descobrimos isso do pior modo possível quando começamos a viajar no tempo. Metade dos universos paralelos que visitamos até agora estão devastados. Não sabemos o que aconteceu na nossa linha temporal para termos sido poupados, mas não podemos correr nenhum risco. Por isso fui enviado.

No entanto, ainda não preciso ficar assustado. Enquanto explica o processo, Leonardo me assegura de que a Máquina não funciona. Ele tentou ativá-la anos antes, mas nada aconteceu.

Se depender de mim, nada acontecerá. Nunca. Agora que sei onde a Máquina está, posso destruí-la. Ou convencer Leonardo a jamais tentar ativá-la novamente, pois agora acredito que tenho como convencê-lo.

Nesta noite ele me chamou ao seu quarto. Não saí de lá antes do amanhecer.

 FLORENÇA E A MÁQUINA

2 de novembro de 1503

Hoje fiz o impensável. Eu contei a verdade.

Disse a Leonardo de onde vim. Falei que vim de outro tempo e outra terra, de um mundo estranho que deve muito a ele, sua arte e ciência, e que por isso ele devia confiar em mim e não colocar a Máquina em funcionamento.

— Diga-me, de que terra você vem? — ele me perguntou simplesmente, envolvendo-me com seus braços fortes e ainda musculosos.

— Brasil, meu senhor — eu respondi.

— Brasil! Uma terra de brasas? De chamas? — ele perguntou com um sorriso inocente e olhos sonhadores. O que estaria pensando?

Expliquei a origem do nome.

— Pau Brasil? Um pau em brasa? — ele disse, já em tom de troça, e sua mão desceu entre as minhas pernas.

Apenas ri. Naquele momento no tempo, eu fui dele. E fui feliz.

Não falamos da Máquina.

5 de novembro de 1503

Salai sabe de tudo.

7 de novembro de 1503

Ai de mim que não sou estrategista. O próprio Leonardo, esse belo polímata que tanto conhece das artes da guerra e do amor, teria me explicado que a melhor defesa é o ataque, e foi o que Salai fez.

Hoje cedo acordei com os soldados do Santo Ofício à porta do meu quarto, prontos para me levar sob a acusação de feitiçaria. Por sorte, ninguém sabe que trago comigo um implante com rastreador. Acionei o modo de emergência. O *delay* na transmissão é de 24 horas. Se nada acontecer até lá, serei resgatado.

8 de novembro de 1503

Meu Deus, eles sabem do implante.

9 de novembro de 1503

Felizmente eles não viram [—] backup. Mas acho que [—] irreversivelmente [—]

Não sei se conseguirei [—]

Muita dor.

FÁBIO FERNANDES

10 de novembro de 1503

Parece que serei [—] Roma. Lá [—] julgamento.

Talvez [—] na fogueira.

Não vi Leonardo.

Mas vi Salai.

Ele veio me visitar [—] cela. Encostou [—] nas barras e afastou seus cachos [—] testa.

Mostrando os chifres.

E [—] contou tudo.

Que [—] primeira tentativa de Leonardo não [—] fracassado afinal. Que ele havia sido trazido de [—], esse lugar, sim, uma terra de [—] chamas, onde Salai se banqueteava com a [—] de suas vítimas e nadava em lagos de [—] sulfúrico, e da raiva eterna que [—] de Leonardo por têlo trazido a um lugar [—] frio quanto a Terra.

E, se ele, Salai, não [—] ter o que queria, Leonardo também não.

Não foi difícil para Salai [—] de um padre zeloso, que já não gostava de Leonardo pelo [—] *amore masculino*, que ainda era crime naquela cidade. Leonardo era discreto, então a cidade o deixava [—]. Mas não foi difícil [—] contar ao padre que um verdadeiro demônio (não ele, Salai/Giacomo, que [—] um diabrete, mas agora era [—] de respeito) atormentava Leonardo e o seduzia como um íncubo. Na verdade, Salai jurou com [—] sobre a Bíblia que eu, Giuliano, seria mesmo um demônio vindo do Inferno, pois ele próprio [—] a Leonardo que viera de uma terra de brasas e chamas [—].

Confrontado — e aqui os confrontos são [—] tortura — não tive como negar. Serei morto.

Leonardo ativará a Máquina. E será o fim.

FLORENÇA E A MÁQUINA

KAPEL FURMAN, cineasta, "monster designer" e artista plástico. Especializado no gênero fantástico com foco no experimentalismo técnico e narrativo. Começou sua carreira profissional em 1997. Escreveu e dirigiu oito curtas, destaque para *S.W.Metaxu*, seleção oficial no Festival de Sitges. Outro destaque é *06 Tiros, 60ml*, elogiado pelo cineasta Carlos Reichenbach, sendo comparado como discípulo nativo de David Cronenberg, Dario Argento e George Romero. Como designer é o criador de seres como "Anton Meiher" e "Skull: A Máscara de Anhangá" e do projeto transmídia de horror conspiratório multidimensional *A Mão*.

A MÃO

Kapel Furman

Durante as minhas pesquisas de trabalho para a Agência Federal, me intriguei com uma constante informação, não explícita, presente em assuntos que fazem parte central de meus estudos, embora em uma análise mais próxima se mostram tão separados quanto possível, sendo justificável, portanto, meu estranhamento dessa constância.

Sei o quanto o assunto do meu trabalho pode ser aborrecedor para quem não é o alvo de sua leitura, por isso vou me ater ao que chamou a minha atenção fora desse círculo.

Primeiramente me deparei com documentos sobre teoristas da década de 1980 relatando que agências governamentais incentivavam o uso do flúor à sua população, porém isso nada tinha a ver com a proteção contra cáries. Estudos científicos apontaram a alta eficiência desse elemento na supressão da glândula pineal, responsável, entre outras coisas, pelo incentivo de nosso cérebro ao livre-arbítrio.

Os estudos nos quais essas conspirações dos anos 80 se baseiam oficialmente começaram na década de 40 do século passado, mas acredito que venham de antes. Teorias ditas absurdas apontam que Adam Smith se referia a uma entidade, e não a uma metáfora, quando mencionava "A Mão Invisível". Smith sabia da existência centenária, ou milenar, dessa entidade que busca o absoluto controle do indivíduo, não pela escravidão de seus corpos, mas sim de suas vontades. Percorrendo um pouco mais essas teorias encontrei menções do companheiro de pensamento de Adam Smith, Thomas Hobbes, que defendia a entidade como uma obrigação de obedecermos às leis do Estado, as posições superiores ditando os hábitos do senso comum, as tradições morais como dever do cidadão — este se submete à própria utilidade social para evitar os horrores do homem largado à mercê da natureza, à guerra de todos contra todos. O terrorismo de Hobbes e Smith, bem como de outros, serve apenas para disfarçar a presença infame do mal.

    Deduzi que os teoristas estavam errados; não em como "A Mão" se disfarça, mas na descrição do seu estado físico. A Mão não é invisível: Ela é sólida, permanente e passível de se visualizar; Ela só se disfarça muito bem, parecendo então etérea.

    Todas as religiões de massa anseiam pela destruição e pelo fim, exceto a que Ela ministra. O ultimato d'A Mão é o cíclico, é a repetição da história; Ela só se disfarça em novas vestimentas a cada era porque nossa mente estranha a lembrança desconhecida, mas a paramnesia é constante, assim como sua mensageira. A Mão muda de corpo, mas sempre ministra o mesmo sermão.

    A Mão é aquela em que você confia para te orientar; é Ela que tem consciência do que você deve saber, fazer, o que é melhor para o seu próprio bem, sem que você tenha que se preocupar com isso. Porém, e não raras vezes, A Mão se manifesta fisicamente, de forma violenta.

    Enquanto relacionava os padrões que saltavam dos textos de minhas pesquisas, não pude deixar de notar acontecimentos atuais que, apesar de não parecer, tinham relação entre si, da mesma forma que outras ocorrências mais antigas. Penso agora o quanto eu gostaria de ter ignorado tais conexões. O espelho das teorias fantásticas refletia brutalmente lá fora. Uma série de crimes asquerosos se espalhava como um surto em meio à população.

    Desde que as mortes começaram, os jornais disfarçam ou nem registram os fatos. Aqueles que os registram o fazem em tabloides, a imprensa marrom que se banha no vermelho. Mas as vítimas, quando não

tinham seus corpos destruídos, eram destruídas mentalmente, em um terror tão profundo que as levava a um estado catatônico — me corrijo: uma ignorância pós-leucotomia, escolhida como melhor opção do que relembrar o horror da visão daquela pálida criatura antropomórfica.

As descrições são muitas, feitas principalmente pelos loucos nos asilos encontrados por todo o mundo, mas contam sempre sobre a pele branca gelatinosa, as veias roxas transparecendo, os dentes cadavéricos pouco escondendo a língua, que funciona como a de uma serpente, um sensor para compensar os olhos cobertos por discos ou moedas de cobre. Há, em especial, o amaldiçoador terceiro olho que se abre no meio da testa e também um gêmeo na nuca, para a criatura nunca ser pega desapercebida. Ela te vigia e nunca o contrário, A Mão existe e sabe o que faz.

Os primeiros corpos encontrados já deixavam clara a semelhança no modus operandi, a visão horrenda de seus crânios esmagados, suas massas cinzentas causticadas.

Mas como tais atos foram feitos? Não os assassinatos em si, embora haja a questão do motivo, mas a forma particular de como os corpos foram deixados.

As autoridades falham em responder e os apontam como obra de um assassino serial. A população em geral romanceia de uma forma gótica, esperando extrair contos de fadas para instruir suas crianças a se comportarem para não acabarem destroçadas como aqueles corpos encontrados. Diria que todos, autoridades e a população, estão errados. Aqueles cadáveres destruídos eram manifestações explícitas do poder que A Mão exerce.

As versões contemporâneas dos aldeões assustados com suas forquilhas não vão encontrar o culpado, mas com certeza irão caçar o monstro de Frankenstein na falta de um alvo reconhecível e, mais importante, atingível.

Os escritos atuais de Paramahansa denunciam que a personificação física da entidade caminha entre nós. Mas por que tamanha força se arriscaria à fragilidade?

Uma das prováveis respostas seria porque até mesmo essa força há de ser finita, precisando se recarregar. E sua energia tem como fonte a essência da vontade do ser humano. A Mão não se recarrega com a essência do corpo hospedeiro, mas com a daqueles que não oferecem mais vantagem em sua serem manipulados — se compreende porque comecei este meu relato citando a glândula pineal, portanto.

Com seu hospedeiro exausto, A Mão muda de corpo.

KAPEL FURMAN

Há rumores que alguns são capazes de enxergar além do que é perceptível, conseguindo ver o disfarce que Ela ocupa. Estes indivíduos são raros e, invariavelmente, loucos como as vítimas sobreviventes.

Encontrei um relatório policial apontando que as vítimas mais recentes estavam ligadas a Moris Duchnovic, doutor em psiquiatria analítica. Alguns eram clientes em sua clínica particular e outros, da ala de pacientes esquizofrênicos do Hospital Psiquiátrico público, onde Duchnovic é chefe.

Talvez seja uma mera coincidência. Por outro lado, pressuponho que, se os únicos que podem identificá-La são aqueles considerados loucos, nada mais sensato do que conviver entre eles. Ainda assim, não sabia que dano a entidade podia sofrer ao ser identificada, ainda mais por indivíduos que não possuem credibilidade. Isso só demonstrava mais fraquezas em minhas teorias; a falta de respostas aumentava minha timidez e só me levava a perder a confiança cada vez mais.

Por persistência em mostrar que eu não havia perdido meu tempo e, mais importante para meu ego, para provar que eu não poderia estar tão errado, fui tentar conversar com o doutor Duchnovic, na esperança de encontrar meu alvo, ou ao menos encontrar alguma resposta. Procurei pelo doutor em sua clínica particular, já que uma das hóstias da série de crimes hediondos era sua paciente nesse consultório e, pelo relatório policial, uma mulher de classe social alta. Sem resultados, fui até o Hospital Psiquiátrico. No início, achei que não teria sucesso em contatar o doutor Moris Duchnovic. Estava errado, embora, infelizmente, só fosse perceber isso mais tarde.

Investigar algo de descrição tão abstrata se mostra uma tarefa bem exaustiva. No mesmo relatório policial que citava o doutor Moris Duchnovic havia o testemunho de uma senhora chamada Olga, encarregada da limpeza de um antigo prédio na região central. Disse ela que, poucos dias antes, um dos condôminos, que havia alugado o apartamento recentemente, em uma crise de loucura assassinara e esquartejara a vizinha, alegando que ela havia se transformado em um monstro. A descrição de tal monstro era bem vaga, pouco semelhante à d'A Mão: mencionava dentes no lugar dos olhos e seios com garras, entre outros detalhes que julgo serem apenas imaginação lasciva de um perturbado, não acrescentando mais qualquer informação útil. O ponto é que o vizinho conseguiu escapar das famigeradas autoridades e sua localização é desconhecida.

Considerei ir atrás de mais respostas, mas o fato é que não tinha

A MÃO

noção de qual direção seguir. Estava sem respostas e o peso da ignorância só me deixava mais lento. Voltei ao meu estudo original, como uma tentativa de verificar se tinha perdido alguma informação essencial, mas também precisava retornar à Agência e ao meu trabalho. Eu tomava uma decisão fadada à desgraça.

Fui sugado de volta, percebendo que, talvez, depois de certo ponto, eu nunca tivera a opção de me afastar. A Mão tomou gosto na minha arrogância em achar que era eu quem A buscava.

Eu, como revelador dessa ameaça, deveria ter notado que as descrições feitas pelos dementes dos asilos falhavam em relatar informações importantes para minha sobrevivência, e sofri por essa falha, porém tive a satisfação de encontrar alguma resposta: A Mão se cerca dos vários tipos de alienados não porque esses podem identificar sua verdadeira forma, mas sim para estar perto de seu alimento.

Os loucos se omitiram, covardes, de detalhar a mão direita da criatura, sólida como pedra negra e escaldante como o inferno, e que agora consome meu rosto, alcançando meu crânio, derretendo os tecidos da minha face e cabeça, enquanto a gordura se derrete e os fluidos, como sangue e líquidos corporais, evaporam em uma nuvem intoxicante. As últimas memórias destes fatos são espremidas para fora da massa cinzenta que é esmagada pela força da garra, a qual me cala e extrai com a mais intensa dor a essência que A Mão busca em cada indivíduo: um cristal quase rosa. Mas me falta vida para descrever mais do que a experiência desta morte.

Com o último resquício de energia, qualquer que seja, só posso desejar que os ignorantes que escolheram se sujeitar a tamanha força por covardia inconsciente acordem um segundo antes de suas mortes. E que esse segundo seja o mais pavoroso e traga a dor mais excruciante, da qual toda a sua vida de negligência os preveniu. Que o calor deixe no ar um sabor defumado. Que a casca se mantenha enquanto o interior cozinha completamente, como pleno fogo, uma qualidade saborosa, inflamada, a carne fervendo por dentro, o vapor saindo; a casca se tornará lâminas de carvão e, quando tocada, entrará em colapso. Por fim, a tal ignorância será posta a descansar em seu próprio vapor.

Porque A Mão é uma força que não pode ser impedida.

Esse conto faz parte de um projeto multimídia que inclui o curta-metragem homônimo e a HQ Cidade Cadáver.

KAPEL FURMAN

DUDA FALCÃO, escritor, professor de escrita criativa, editor e doutor em Educação. Tem seis livros publicados: *Protetores* (2012), *Mausoléu* (2013), *Treze* (2015), *Comboio de Espectros* (2017), *O Estranho Oeste de Kane Blackmoon* (2019) e *Mensageiros do Limiar* (2020). Também é um dos idealizadores e organizadores da Odisseia de Literatura Fantástica e do Prêmio Odisseia de Literatura Fantástica. Foi editor da Argonautas Editora e atuou na Feira do Livro de Porto Alegre, em diversas edições, como curador do evento Tu, Frankenstein. Em 2018, ganhou o 1º Prêmio Aberst de Literatura na categoria conto de Suspense/Policial. Em 2019, lançou as coleções *Planeta Fantástico* e *Multiverso Pulp*.

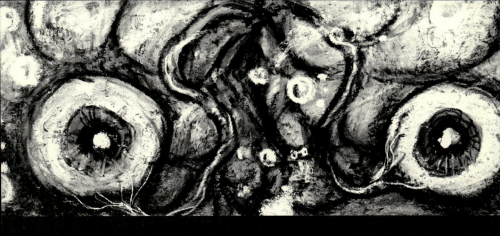

OS CRIMES DE DEZ PRAS DUAS

Duda Falcão

Na tentativa de afastar o horror que insiste no esfacelamento da minha sanidade, da minha alma atormentada, descobri que acessar as minhas lembranças é a única maneira de fugir do presente. Vasculho o passado para obter um pouco de descanso e para tentar apagar, mesmo que por alguns instantes, meu infortúnio.

Quando eu era criança, minha mãe me paparicava com doces de domingo. Dá até para sentir o gosto do pudim de leite ou da ambrosia, posso vê-la servindo para nós. Sou filho único. Ela deixava o pote de sobremesa cheio até as bordas para mim e o meu pai. O ritual era sempre o mesmo: nós comíamos enquanto as ondas do rádio transmitiam uma partida de futebol. Não havia jogo em que não reclamássemos do locutor oficial da estação. Principalmente, nas ocasiões em que se tratava do clássico local, pois o sujeito narrava o gol do nosso time com menor entusiasmo que o do rival. Bons tempos. Tão bons que consigo ver com nitidez nossa casa de madeira, simples, com uma varanda agradável, em que meu pai sentava-se na cadeira de balanço para ver o movimento da rodovia. Atrás dela, tínhamos um amplo terreno com algumas variedades de árvores frutíferas que serviam tanto para consumo como para venda. Duas vezes por semana, meu pai e eu íamos de picape, abarrotada de caixas com laranjas, maçãs, pêssegos, bergamotas e goiabas, até o mercado público da cidade. Eu não perdia a oportunidade de abrir bergamotas; eram minhas preferidas, mesmo que passasse horas com aquele cheiro da casca em minhas mãos pequeninas. Continuei ajudando meu pai até o final da adolescência; acordávamos cedo, com o canto do galo, e no turno da tarde eu frequentava a escola. Nunca fui de arrumar confusão. Em geral, a escola em que estudava era tranquila. Foi só quando tivemos de nos mudar para a capital — os negócios não andavam bem — que vi com os próprios olhos a violência da periferia. Aos quinze anos, meu corpo era bem torneado, tinha mãos fortes de quem trabalha no campo e eu era um garoto alto. Isso me ajudou logo no início da mudança escolar. Já na primeira semana, descobri como os valentões do pedaço agiam. Costumavam cobrar dinheiro ou qualquer coisa que fosse das crianças menores. Em troca, livravam o contribuinte de uma surra. Creio que tenha sido numa quarta-feira... Os três carrascos da área — cheguei a pensar que encrencariam comigo naquele dia — passaram por mim me encarando com sobrancelhas arqueadas, fogo nos olhos e um meio-sorriso na face. Fiquei apreensivo, com os músculos tesos. Então, se aproximaram do Lúcio, na época com 12 anos. Ivan, o líder do grupo, abriu a mão, exigindo o tributo. Lúcio tirou do bolso da calça uma banana. Era tudo o que tinha. Mas para aqueles bandidos mirins foi um verdadeiro insulto. Ivan ordenou que o outro capanga lhe desse o corretivo diante da falta de respeito. Outras crianças e adolescentes acompanhavam de longe o que acontecia. O bemmandado acertou um soco na barriga de Lúcio, que arqueou imediatamente. Em seguida, o valentão mandou um tapa em concha no ouvido esquerdo do menino, que o deixou surdo por mais de semanas. Com o golpe, Lúcio caiu. Os outros então começaram a chutar suas pernas, costas e bunda. Não batiam no rosto, sabiam que não podiam deixar hematomas tão evidentes. Toda a plateia não se atrevia em intervir ou chamar os professores. Não sei o que me deu, eu não podia ficar assistindo àquele espetáculo de injustiça sem participar. Me aproximei pelo lado do líder e enviei sem dó um soco de direita certeiro entre a bochecha, o olho e o nariz dele. Ivan caiu sentado no chão. Antes de levar a mão ao nariz, o sangue já escorria aos borbotões, manchando a sua camiseta. Os outros dois, surpresos diante de um súdito rebelde, demoraram um pouco para revidar. Assim, tive oportunidade de acertar um chute entre as pernas de um deles, que não me lembro mais o nome. O que bateu em Lúcio veio para cima de mim. Nós dois rolamos no chão. Com toda confusão, o levante começou. Primeiro foram as crianças que começaram a berrar e depois os adolescentes, em uníssono, que inflamaram nosso combate. Eles torciam por mim. Algum colega de turma deve ter gravado meu nome e mencionado enquanto ocorria a briga, pois começaram a gritar em meu favor. Com o tumulto, brotaram professores vindos da sala de reuniões, local em que se confinavam, durante o intervalo. Como resultado, fui suspenso alguns dias, tive escoriações, mas posso afirmar que todas valeram a pena. No meu retorno, sempre que eu estava por perto, os três valentões do pedaço evitavam cobrar os seus tão valiosos impostos. Esse acontecimento em minha vida fez com que eu escolhesse minha profissão. Eu queria ajudar as pessoas, assim me tornei um homem da lei. Um cara pronto para defender os mais fracos dos opressores. Era minha ideia romântica de ver o mundo. Descobri que na própria polícia existem Ivans e que precisamos combatê-los. Em minha trajetória de ocorrências, prendi ladrões, corruptos e até mesmo assassinos. Trabalhei como policial em viatura vários anos. Porém, na ocasião de uma batida no barraco de um traficante, levei um tiro no peito. Sobrevivi. Depois de passar uma temporada no hospital, tive de mudar minha rotina. Estudei intensamente e acabei me tornando delegado. Certo dia, recebemos uma ligação na DH, nossa delegacia de homicídios, informando que um corpo sem cabeça fora encontrado às margens do Guaíba. Eu estava de plantão, e se aproximava a troca do turno. O dia recém começara a amanhecer. Peguei meu casaco e chamei Osório, um dos investigadores da DH e ótimo perito criminal. Ele acionou o restante da equipe, composto por um fotógrafo e mais um perito criminal. Em geral, eu não deixava minha sala; estava mais envolvido com os papéis da investigação, as pistas e as provas. No entanto, a bizarrice do acontecimento me levou para a rua. Da última vez que tínhamos nos envolvido com algo parecido, havia cabeças decepadas de traficantes que disputavam território de venda de drogas. Chegamos ao local do assassinato, que já estava cercado pelos militares. Eles quase sempre fazem merda. Literalmente pisam nas provas. Deviam apenas cercar o perímetro e preservar a cena do crime quando chegam antes da gente. Estacionamos

DUDA FALCÃO

nossa viatura bem perto de um Fox 1.0, de um modelo mais antigo, que estava vazio e com a porta do motorista aberta. Após o meio-fio de paralelepípedos, a calçada era regular no ponto em que observávamos. Mais adiante havia um declive pouco acentuado, repleto de mato e barro. Nas noites anteriores havia chovido bastante, mas naquela madrugada o céu tinha sido estrelado. Quando acabava o chumaço de matagal, a areia dominava a beira das águas do Guaíba. Sobre o mato, algumas árvores baixas e de galhos raquíticos forneciam um pouco de sombra quando o sol se tornava abrasador. Naquele momento, os raios do astro-rei incidiam sobre nós de forma tímida. As ondas minúsculas da praia tocavam os dedos do corpo estendido no chão. A pele da mulher era branca. Mesmo de longe, dava para ver que vestia uma blusa escura de alcinha, saia curta também escura, e que no pé direito permanecia um calçado de salto. No barranco, logo enxerguei o outro calçado atolado no barro. Sem a cabeça, não parecia uma pessoa de verdade. Havia pouco sangue perto do pescoço e na areia granulada. Desviei minha atenção para um homem e uma mulher que aguardavam junto de um dos militares. Os dois vestiam abrigos de marca e estavam suados. Deduzi que devia ser o casal que entrou em contato com a delegacia. Descobri, em seguida, que estava certo. A dupla nos disse que corria regularmente naquele trecho todas as manhãs. Impressionados com o corpo que tinham encontrado largado na areia, repetiam sem parar que não conseguiam entender o porquê de tanta violência na nossa cidade e no mundo. Não havia salvação para a humanidade. Osório anotou somente o que importava do depoimento, o endereço deles e os seus celulares. A seguir os liberamos. Antes de verificar o corpo, investigamos o automóvel estacionado que estava com a porta aberta. Sem dúvida tinha sido abandonado; queríamos saber de quem era. Osório e o outro perito calçaram luvas de plástico e começaram a procurar por evidências, desde objetos até cabelos, esperma ou sangue. Encontraram uma pequena bolsa que continha um espelhinho de maquiagem, um batom, a identidade de um homem e duzentos reais. O dinheiro intocado, ao menos naquele momento, nos levava à dedução de que nosso assassino não era também um ladrão. O fotógrafo de fora do veículo registrava todos os ângulos possíveis. Eu observava com atenção para ter certeza de que nada tinha sido deixado para trás. Um pouco de sangue estava sobre o banco do carona. Precisávamos ter conhecimento se era da vítima ou do agressor. Um exame de DNA comparativo com a amostra encontrada e a do corpo nos daria a resposta exata. Se fosse

OS CRIMES DE DEZ PRAS DUAS

da vítima, não teríamos como identificar o assassino por esse processo. Ao sair do automóvel, Osório esperou Uilian, nosso fotógrafo, registrar as imagens do sapato alto atolado no barro do declive e tudo o que havia em seu entorno. Encontramos a marca de pegadas e lixo — uma embalagem de chocolate. O assistente de Osório embalou em plásticos separados o sapato e o papel com restos do doce. Verificariam digitais. Nós cuidávamos para não pisar sobre as pegadas. Um rastro delas evidentemente era da vítima: podíamos ver claramente a ponta do calçado e os buracos feitos pelo salto. Próximo a essas pegadas, vimos também marcas que bem podiam ser palmas de mãos. Isso já nos dava a ideia de que a vítima em algum momento tinha caído e possivelmente se arrastado para fugir do assassino. O mais intrigante foi encontrar um par de pegadas incomum. Eram feitas por sola de tênis na posição de dez para as duas, como os ponteiros de um relógio analógico, o que nos deu o apelido do assassino, mesmo sem termos ainda certeza de que as marcas tinham sido deixadas pelo criminoso. Alguém que caminhasse com os pés naquela posição provavelmente seria percebido mesmo que estivesse entre uma multidão. Essa era uma pista valiosa. Finalmente nos aproximamos do corpo. A mulher era magra, tinha pernas e braços bem torneados. As unhas das mãos estavam pintadas de preto. O vestido quase revelava suas partes íntimas. Vi o carro do IML chegando. Estacionou atrás do nosso. Antes de carregarem o corpo para a autópsia, eu queria resposta para uma dúvida que martelava minha cabeça. Eu me agachei perto do corpo e com um graveto levantei sutilmente a parte de trás do vestido. No momento em que encontramos a carteira de identidade na bolsa, eu já ficara desconfiado. Mesmo com calcinha deu para perceber que entre as pernas da vítima existiam colhões. Olhei para cima, na direção do outro lado da rua, e observei que não havia câmeras de segurança instaladas nas casas. Gravações poderiam ter nos ajudado. Quando Osório se aproximou para acompanhar mais de perto minha descoberta, deixou que a luz do sol ofuscasse a minha visão...

A luz... Uma fonte de luz foi ligada. Eles... eles estão chegando. Não... Não. Eles voltaram. Eles estão aqui. Por que não me deixam em paz? Eu só quero ficar em paz. Deixem-me em paz, malditos! Onde estão? Onde estão as minhas lembranças? Onde estão? Elas são a minha única chance de fuga. Meu único refúgio...

Tentamos abafar o crime. Em parte fomos bem-sucedidos, pois não foram mencionadas as pegadas de Dez pras Duas. Mas vazou a informação do corpo encontrado sem a cabeça na beira do Guaíba, fato que gerou preocupação na população e debate sobre segurança em algumas rádios da cidade. No entanto, a discussão sobre o caso logo se desvaneceu quando se soube que a vítima era uma travesti e vendia seus serviços na Avenida Voluntários da Pátria. Pessoas que vendem seus corpos por sexo costumam ser como lixo para a sociedade puritana, mesmo que essa mesma sociedade seja aquela que sustenta o ofício. Antes de iniciar minha folga de 48 horas, ainda averiguamos se algum morador próximo à cena do crime poderia nos dar alguma pista. Infelizmente não encontramos nenhuma testemunha. Exausto, fui para casa tentando não pensar em trabalho, porém não desliguei completamente daqueles acontecimentos. Entrei em contato com a minha secretária para que convocasse os familiares mais próximos da vítima para interrogatório. Dois dias depois, ao retornar à delegacia, dei uma olhada sobre os papéis em cima da minha mesa. A maioria deles tratava dos procedimentos burocráticos de sempre. Eu estava interessado em receber logo o laudo da necropsia, feita pela polícia científica, de Ailton Nunes, a travesti assassinada. Contudo, ainda não tinha nada sobre isso entre a papelada que havia chegado. Fora apenas informado que dois familiares da morta estariam no turno da tarde em minha sala para prestar depoimento. Enquanto esperava, comecei a pesquisar nos arquivos digitais de delegacias vizinhas por algum crime semelhante. Logo encontrei dois crimes de mesmo teor. Um deles tinha acontecido em Barra do Ribeiro e o outro, em Tapes. Os dois em cidades pequenas, balneários próximos de Porto Alegre. Os corpos estavam sem a cabeça. O primeiro era de uma mulher e o segundo, de uma criança. Nenhum dos relatórios mencionava violência sexual ou evidência de luta. Parece que o assassino estava mesmo interessado na cabeça das vítimas e por algum motivo não tinha tido tempo de ocultar o corpo. A perícia encontrara nos corpos uma substância química incomum com a propriedade de enrijecer músculos. Nos laudos, deduziram que as vítimas eram drogadas antes das cabeças serem cortadas. Não foram encontrados furos de agulha nos corpos. Talvez tivessem sido forçadas a beber o produto químico. Ou, quem sabe, ter sofrido com uma injeção em algum ponto da cabeça ou do pescoço. Em relação aos pescoços, os peritos relataram que os cortes eram de uma precisão incrível e que a lâmina podia ter sido esquentada em brasa, pois havia calcinado a carne, evitando a perda de muito sangue. Como o assassino teria em seu poder uma arma de corte com uma lâmina candente, ninguém soube

OS CRIMES DE DEZ PRAS DUAS

explicar. Para o criminoso não parecia importar a idade ou sexo da vítima. No entanto, escolhia pessoas de baixa renda. Aí eu já pude perceber que o fulano era esperto: casos de assassinatos que envolvem pessoas pobres, sem recursos para sustentar a investigação, acabam sendo arquivados mais rápido do que os de sujeitos ricos e da alta sociedade. A minha pesquisa durou algumas horas e a encerrei pouco antes da chegada dos depoentes. Entraram na minha sala a mãe e uma tia de Ailton Nunes. As coisas que tinham para dizer não contribuíram em nada com a investigação. A todo o instante apenas tentavam se justificar pelo fato de o sujeito ter se tornado uma travesti e prostituta. Insistiam em dizer que "ao menos não utilizava drogas, dessa vergonha tinham escapado", mas que vivia se encontrando com muitos parceiros. "Uma lástima", elas afirmavam. Diziam que o guri "devia ter se tornado pedreiro como o falecido pai". Assim teria se encaminhado numa "vida direita e cristã". Eu as dispensei pouco tempo depois. Durante o restante do dia, continuei dando conta de trabalhos mais urgentes. Meu expediente terminou às 20h. Um colega me substituiria mais cedo naquela noite. Chegando ao meu apartamento, servi um pouco de uísque barato para não pensar nas atrocidades que as pessoas cometiam. Dormi bêbado e sozinho; minha ex me abandonara, pois não estava preparada para aturar um homem obcecado pelo trabalho e pelo turno escuro da noite, em que todos os gatos são pardos. Na manhã seguinte, ainda de ressaca, recebi o laudo da perícia. As informações não me causaram nenhuma surpresa, pois batiam com as que pesquisara no dia anterior. O pescoço de Ailton Nunes fora cortado por um objeto muito afiado que cauterizou a carne, no corpo encontraram uma substância rara capaz de deixar os músculos paralisados e nenhuma evidência de esperma apareceu nos exames. No calçado perdido durante a fuga, encontramos apenas as digitais da própria vítima, o papel com resto de chocolate não nos deu digitais e quanto ao sangue encontrado no banco do carona, a boa notícia era que não se tratava do sangue da vítima. Era de outra pessoa. Para ajudar, embaixo de uma das compridas unhas da travesti ficara preservado um pedaço de pele com sangue e um fio de cabelo, do assassino, que bateu com o sangue analisado do estofado do banco. Já era um ótimo início, pois, se em algum momento tivéssemos um suspeito, bastaria comparar o seu sangue com o da prova do crime. Porém, isso estava longe de significar a pista que nos levaria até o criminoso. Para utilizar a prova, precisaríamos primeiro encontrá-lo. Assim, começamos com um trabalho minucioso conferindo bancos de dados de DNA para ver se algum era o do nosso Dez pras Duas. Depois de alguns dias de investigação, esgotamos a chance de encontrá-lo no banco de dados da polícia. O marginal ainda não tinha sido cadastrado. Ou seja, mesmo já tendo matado três pessoas, o maldito ainda não tinha nenhuma passagem pela polícia. Será que além desses assassinatos havia cometido outros, tendo o cuidado de ocultar os cadáveres? E as perguntas que mais me preocupavam eram se agiria de novo, quando e onde. Vários dias de investigação se desenrolaram. Enviei um dos homens da minha equipe para os balneários em que foram encontrados os outros corpos sem cabeça para que entrassem em contato direto com os familiares e os delegados responsáveis pelos casos. A busca se mostrou infrutífera, sem qualquer dado novo. Nosso prazo estava acabando. Após trinta dias sem chegar ao autor do crime, tínhamos de encaminhar o inquérito para o Ministério Público. Foi o que ocorreu, e a busca esfriou como o corpo do morto. Sem apelo social, sem recursos disponibilizados, outros trabalhos mais urgentes tomaram o lugar desse mistério que parecia insolúvel. Logo o processo foi arquivado, podendo ser reaberto somente se surgissem novas evidências capazes de nos levar ao assassino. Nunca fui de ficar satisfeito com um caso sem solução, mas a verdade é que isso sempre fez parte da realidade das investigações. Não foram poucas as vezes que bebi fortes destilados pensando nas mortes que ficavam sem ter os culpados levados para a cadeia. Ao saber que o terceiro crime de Dez pras Duas foi arquivado, me lembro de ter bebido o conteúdo de uma garrafa inteira de vodca enquanto assistia à televisão. Adormeci quase sem perceber. Sonhei. Sonhei que estava nu à beira do Guaíba. Soprava um minuano gelado que fazia minhas bolas e pênis encolherem de frio. A lua cheia imprimia seu facho de luz prateado sobre as águas calmas do lago. Eu estava no local onde acontecera o crime de Dez pras Duas. Esfreguei meus olhos cansados de sono para enxergar melhor e vi o corpo sem cabeça de Ailton Nunes de bruços sobre a areia. Continuava com a mesma roupa com que fora encontrado. Gelei, ficando sem nenhuma ação, quando o corpo começou a tremer tendo convulsões. Durante um instante ele parou de se debater e, então, aos poucos começou a se erguer, utilizando braços e pernas para se sustentar. Em pé, ainda de costas para mim, se virou. Mesmo sem a cabeça, era como se pudesse me ver. O morto-vivo começou a caminhar de maneira trôpega em minha direção, com os braços estendidos. Gritei com profundo horror. A terra começou a girar; sentia-me tonto, e no céu estrelado pude ver a cabeça bisonha de uma criatura, que me espionava com dois olhos enormes de crustáceo, me estudava...

Saiam daqui! Deixem-me em paz. Nenhum de vocês tem o direito de entrar nas minhas lembranças. Não! Não! Vão embora! O passado... O passado é a minha âncora...

Tive de tirar uma licença para descansar. O estresse da vida como homem da lei estava acabando comigo. Aluguei uma casinha barata em São Lourenço do Sul no final da temporada de veraneio. Nesse período menos pessoas transitavam pelo balneário. Eu precisava de um pouco de paz e abandonar a bebida. No entanto, estava difícil atingir meus objetivos. Logo na terceira noite da minha estada, comecei a beber em um boteco de praia. Antes da meia-noite, com o álcool dominando meus instintos, decidi descobrir onde os homens se divertiam na madrugada. Cheguei a um bordel na RS265. A casa se escondia no meio do mato, entre árvores altas, no entanto era possível ver lá da estrada de asfalto a luz vermelha opaca que ficava na porta. Alguns veículos estavam estacionados próximos à entrada. Ao entrar, encontrei um lugar vago no balcão e pedi uma dose de uísque vagabundo. Era só o que tinha naquele buraco. Não demorou nada para que uma profissional sentasse no banco alto ao meu lado. Não era bonita, mas tinha uns peitos que valeriam o investimento. Ficamos conversando sobre amenidades, nada sério, ri um pouco, fazia tempo que não ria da vida e de seus problemas. Por um momento desviei o olhar do sorriso meio torto da minha acompanhante e o enxerguei. Um homem de meia estatura puxava gentilmente pela mão uma prostituta. O caminhar dele era único. O sujeito andava com os pés bem abertos, na posição de dez para as duas, como se fossem os ponteiros de antigos relógios. As pernas arqueadas sustentavam um andar desengonçado, pareciam engrenagens enferrujadas. Seria ele? Após tantos anos, eu o teria encontrado, assim, por acaso? Dez pras Duas, com o passar do tempo, teria deixado de ser um assassino meticuloso na escolha de suas vítimas? Mesmo naquele antro havia testemunhas capazes de descrevê-lo. O homem de caminhar anômalo deixou o bordel com a acompanhante. Assolado pela dúvida, achando que estava delirando devido ao efeito do álcool, não pude me conter. Eu o seguiria aonde quer que fosse para ter certeza. Levantei-me e mexi na minha carteira, deixando uma nota de cem para a minha simpática companhia. A bebida me deixava com a mão aberta. A mulher, sem entender o que passava, me pegou pelo ombro e insistiu para que eu ficasse. Disse o que poderia fazer comigo naquela

DUDA FALCÃO **137**

noite. Eu deveria ter aceitado o convite. Deveria mesmo. Mas fui atrás do meu suspeito. Quando saí do bordel, vi que o homem entrou em um velho Fusca azul pelo lado do motorista. A sua acompanhante entrou pelo lado do carona. O automóvel estava estacionado mais distante dos outros, próximo de algumas árvores com galhos repletos de folhas, o que dificultava minha visão. A única luminosidade vinha da lâmpada vermelha acima da porta da casa; o pátio de terra batida e a floresta em volta do bordel davam um aspecto doentio ao lugar. Parecia que eu visitava o hall do inferno. Esgueirei-me sorrateiramente pelos locais mais escuros, em que a luz não atingia, para me avizinhar do Fusca. Não muito longe do meu objetivo, observei. Os dois trocaram um beijo. Se tivesse de agir, não havia trazido comigo minha pistola. Não gostava de carregá-la quando estava disposto a beber. Todavia eu podia dar conta daquele criminoso, se é que ele era mesmo o procurado Dez pras Duas. Percebi que a mulher havia se abaixado, sumindo da minha visão. Eu me aproximei, temendo pelo pior. Acabei presenciando o que já tinha visto outras vezes, uma mulher chupando um pau. Com um misto de alívio e desânimo, me afastei. Voltei para o meu carro. Sei que não devia dirigir bêbado, mas ainda estava no controle do meu corpo. Tenho saudades dele...

 A luz fraca acesa me permite ver na penumbra. Quando volto a enxergar, sempre fica mais difícil reter minhas memórias. Minha atenção teima em retornar para o presente. Preciso me concentrar muito mais quando isso acontece para que eu possa fugir do que vejo. Aqueles grandes tubos de vidro, à minha frente e ao meu lado, em cima de prateleiras, me causam um horror indescritível. Suspeito que sou como aquilo que vejo; tenho vontade de acabar com a minha própria existência. Mas não consigo... Não consigo... Fui inutilizado por eles. Minhas memórias... Minhas memórias, onde estão? Preciso de vocês... Onde estão? Ah, estão aqui comigo! Eu as consigo encontrar no canto mais recôndito do meu cérebro. Esse ainda funciona bem, para o meu desgosto, assim como os meus olhos... Olhos que viram o meu passado, abençoados e malditos ao mesmo tempo, pois me permitem recordar o que vivenciei de bom e de ruim...

 Do meu carro, vi a prostituta sair do Fusca azul e entrar no bordel. Logo depois, o sujeito de andar anormal deu partida no veículo. Passou lentamente por mim, sem olhar para o meu veículo. Eu estava sentado no banco do motorista com as mãos sobre o volante. Ainda não decidira se voltaria para a casa que tinha alugado ou se seguiria o homem.

OS CRIMES DE DEZ PRAS DUAS

Precisava ter certeza. Só porque o meu suspeito não matara a mulher não significava que ele não podia ser Dez pras Duas. Então, o segui. Ele não pisava no acelerador; talvez tivesse bebido tanto quanto eu. Isso me ajudou a não o perder de vista. No momento em que ele entrou em uma viela secundária de terra batida, parei na estrada asfaltada. Estacionou o Fusca na frente de uma porteira, distante do asfalto, e a abriu. Posteriormente, cruzou com o automóvel, deixando-a aberta. De dentro do carro, pude enxergar o atarracado suspeito deixar o Fusca diante da varanda de uma casa de madeira rústica e de bom tamanho. Árvores de grande porte a protegiam por todos os lados, fornecendo escuridão mesmo em noite de lua cheia. Abri o porta-luvas e peguei uma lanterna, talvez eu precisasse. Desci do carro, deixandoo na estrada, e passei pela porteira depois que meu suspeito entrou na casa. A luz de um aposento foi acesa. Se ele espiasse pela janela, acabaria me vendo. Resolvi correr em direção à habitação para me ocultar o quanto antes. Nenhuma investigação deve ser feita assim. Eu estava sozinho, sem nenhum parceiro para me auxiliar. No calor da hora e na minha inquietação, acabava não tendo as melhores ideias. Cheguei à proteção da varanda. A mesma luz foi apagada. Fiquei estático por um tempo, não me movia. Lembro-me somente do peito movendo-se lentamente para que os pulmões fizessem o seu trabalho. Colei o ouvido à porta. Com cautela, espiei através do vidro da janela que estava com as cortinas abertas. Lá dentro dava para ver uma cozinha contígua a uma sala com computador, TV e sofá, além de uma mesa e uma estante com livros desarrumados. Havia outra porta aberta que parecia levar para um corredor. Testei o trinco da porta. Bingo. Estava aberta. O idiota estava realmente bêbado: não fora nem mesmo capaz de chaveá-la. Se fosse o assassino, eu estava convencido de que encontraria alguma prova para incriminá-lo. Entrei pé por pé, sem ligar a lanterna, e meus olhos se acostumaram com a escuridão. Antes que pudesse averiguar melhor a situação, procurar por alguma evidência ou seguir pelo corredor que levava para os outros cômodos, escutei o ranger de uma tábua atrás de mim. Quando me virei, senti uma dor lancinante no rosto. Antes de cair, vi Dez pras Duas com um martelo ensanguentado na mão. Era o meu sangue. O osso da minha face tinha sido esmagado e afundado. Ele me aguardara de tocaia atrás da porta. A seguir me acertou mais uma pancada no joelho direito que fez meu osso estalar, impossibilitando que eu me levantasse. O mundo começava a girar: eu precisava revidar ou fugir, antes que fosse tarde demais.

DUDA FALCÃO

A lanterna já estava longe de minha mão, no chão. Tentei pegá-la; podia servir como objeto de arremesso, talvez. Isso não foi possível: ele martelou minha mão sem dó nem piedade. Lembro que gritei dessa vez. Em um último golpe, o derradeiro, ele acertou o meu queixo com toda a violência que seus músculos permitiam, deslocando a arcada dentária. A dor foi tão forte que apaguei. O rosto insano e bestial daquele homem marcou minha memória a ferro e fogo. Abri minhas pálpebras — acho que pouco tempo após ser atingido, pois ele me arrastava por um dos braços, me levando por um corredor de pedra iluminado por lâmpadas de luz amarela. Entramos em uma sala, e o maldito me deixou no chão. Vi que estava de costas para mim, pegando alguma coisa em uma bancada. Eu me mexi na tentativa de fugir, mas a dor foi tanta que gemi. Ele me escutou. Olhou para mim com uma seringa em uma das mãos. Um líquido amarelado e viscoso borbulhava dentro do vidro. O homem chutou o meu rosto, no lugar onde havia fraturado meus ossos. Impotente, apenas agonizei enquanto ele enfiava aquela longa agulha na minha testa, no que chamam de glândula pineal. No meu íntimo, naquele momento o agradeci, uma vez que a dor começou a se desvanecer. Não somente a dor: todo o meu corpo entrava em estado de formigamento. Perdi completamente o tato. Minhas pálpebras paralisadas não piscavam. Os olhos esturricados acompanharam cada etapa do processo. Vi Dez pras Duas aproximar do meu pescoço um instrumento cirúrgico impossível de descrever. Em seguida tive o vislumbre aterrorizante de encarar meu corpo sem minha própria cabeça caído no chão. Dez pras Duas caminhou segurando minha cabeça pelos cabelos enquanto entrava em outro corredor. Chegou a uma sala ampla e depositou o que sobrara de mim sobre uma bandeja de metal contendo um líquido escuro até a borda. Então, começou a estalar a língua no céu da boca de uma maneira que eu nunca ouvira antes. Parecia conversar com alguém que eu não podia ver. Assim que encerrou sua estranha fala, deixou aquele recinto que permaneceu à meialuz. Sem poder fechar minhas pálpebras, vi um deles. Não podia evitar. Ah, que monstro asqueroso! Aqueles olhos, aqueles olhos de animal marinho me davam medo, as asas de morcego e as garras que funcionavam com hábeis pinças completavam seu aspecto improvável. Meu Deus! Ele estava ali para limpar o que não era necessário. Vi quando cortou a carne do meu rosto, quando tirou os ossos...

    Sei o que sobrou de mim, pois vejo os outros boiando nos grandes tubos de ensaio. São dezenas de cérebros conectados aos seus olhos,

 OS CRIMES DE DEZ PRAS DUAS

talvez centenas. Não tenho como afirmar o número de exemplares expostos; não conheço a extensão deste galpão, deste maldito laboratório de experiências monstruosas, talvez alienígenas. Cada um dos tubos é ligado por fios que se expandem até o teto para se conectar a uma máquina que parece um gerador. Toda vez que o horror me invade, vejo borbulhar o líquido gelatinoso que me conserva. É como se eu pudesse originar algum tipo de energia. Afinal, o que eles querem? O que eles desejam? Por que esses desgraçados simplesmente não nos deixam morrer? Ah, minha alma atormentada, insana, como posso dar a mim mesmo um pouco de alívio? Minhas lembranças...

Minhas lembranças, onde estão? Onde estão? Ah, estão aqui. Aqui, em algum lugar profundo do meu cérebro...

Quando eu era criança...

VITOR ABDALA, jornalista carioca, nascido em 1981. Trabalha como repórter cobrindo as mazelas da cidade e do país. Foi membro da Horror Writers Association (HWA), organização internacional sediada nos Estados Unidos. É autor do romance de terror policial *Caveiras – Toda Tropa Tem os seus Segredos* (2018), finalista do Prêmio Aberst 2019 na categoria Melhor Romance de Horror. Também escreveu as coletâneas *Tânatos* (2016), *Macabra Mente* (2016) e *Pesadelos Tropicais* (2019). Participou de antologias no Brasil, nos Estados Unidos e na Grã-Bretanha.

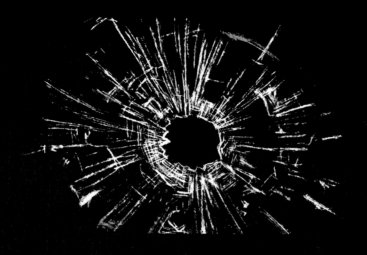

BALAS PERDIDAS

Vitor Abdala

Meu nome é Nestor. Sou delegado de Polícia Civil. Ou melhor, ex-delegado de Polícia Civil. Aposentei-me há pouco tempo e ainda não me acostumei a dizer que sou apenas um ex-policial. Aposentei-me não só porque eu já tinha tempo de serviço suficiente para isso — afinal, dediquei 35 anos da minha vida a essa função —, mas também porque, em meus últimos meses como delegado, percebi que trabalhar na polícia não era mais para mim. A investigação de três mortes violentas e a perda de uma pessoa querida foram os principais motivos pelos quais decidi largar essa profissão a que me dediquei por mais da metade da minha vida.

Lembro-me claramente do que estava fazendo quando tomei conhecimento da primeira morte. Eu ouvia Mozart na minha sala de delegado titular da 12ª DP, em Copacabana, quando o inspetor Gonçalo me trouxe a notícia: um soldado da Polícia Militar tinha sido baleado e morto dentro de casa.

Laércio tinha morrido com um computador no colo, vendo pornografia na internet, em seu apartamento na rua Gustavo Sampaio. Um tiro certeiro na têmpora interrompeu a busca solitária pelo prazer daquele soldado de 29 anos.

O caso não demandava muita investigação. Era um caso de bala perdida. Ponto. A janela estava aberta e a favela do Chapéu Mangueira fica ali do lado. Tiroteios naquela região não são incomuns. Por que duvidar que a bala tivesse saído da pistola de algum bandido da comunidade e viajado até a cabeça do soldado?

Era apenas uma ironia que um policial militar, que se arriscava diariamente em ações perigosas na cidade do Rio de Janeiro, fosse morrer por uma bala perdida na segurança de seu lar.

Eu pedi uma perícia. Recuperamos o projétil, mas não foi possível determinar a origem do tiro. Fim. Era uma bala perdida, perdida mesmo. Saiu de algum lugar indefinido e trespassou a cabeça do soldado para cair no chão de sua sala. Não havia mais o que investigar. Inquérito encerrado.

Quando o cabo Adam, colega de batalhão de Laércio, morreu, também vítima de um tiro na cabeça, um mês depois, achei que havia algo estranho.

Adam estava jantando com a esposa na varanda de seu apartamento no oitavo andar de um prédio na rua Santa Clara quando caiu de repente no chão. A mulher só percebeu que uma bala atingira a cabeça dele, quando viu uma poça de sangue se formando ao redor do corpo do marido.

A mulher prestou depoimento. Ninguém invadiu a casa e matou o marido. O tiro veio de fora. Os filhos estavam na sala e confirmaram a versão da mãe. O mais velho, de 15 anos, disse que ouviu tiros vindos do Morro dos Cabritos, que fica próximo ao apartamento, pouco antes do pai morrer.

Fizemos a perícia e só pudemos constatar que, pela trajetória, o tiro veio mesmo da favela. Não havia como precisar a origem do disparo. Tudo indicava que era mais um infortúnio, uma bala perdida.

Era bizarro: dois colegas de batalhão tinham sido mortos com balas perdidas, no período de apenas um mês. Eu não conseguia acreditar naquilo.

O sargento Lindomar morreu dois meses depois, em circunstâncias semelhantes. Também companheiro de batalhão de Adam e Laércio, o sargento estava no *play* de seu edifício na rua Figueiredo de

Magalhães, brincando com a filhinha de dois anos de idade, quando uma bala atravessou sua cabeça.

Daquela vez, me empenhei como nunca na investigação. Por mais que tudo apontasse para um novo caso de bala perdida, eu acreditava que havia algo por trás daquelas três mortes. Alguém estava tentando cometer assassinatos perfeitos.

Fiz a perícia, peguei depoimentos de testemunhas, analisei o local. Mas não consegui avançar. Ninguém viu nada. As câmeras do prédio e da rua não conseguiram capturar ninguém atirando.

A perícia analisou a trajetória da bala e concluiu que ela veio da Ladeira dos Tabajaras, uma favela perto dali. Mais uma vez, não seria possível encontrar o responsável pelo tiro e eu me encontrava num beco sem saída.

Estava prestes a encerrar o inquérito de Lindomar quando Úrsula, a inspetora que estava de plantão naquela madrugada, sentou-se à minha mesa e me ofereceu uma xícara de café. Eu nem deveria estar na delegacia àquela hora, mas não percebi a hora passar, pensando nas últimas investigações.

Ela olhou para as cópias dos inquéritos das três mortes, que estavam sobre a minha mesa, e repentinamente soltou um grito que quase me fez derramar o café sobre a minha calça.

— Lembrei!

— Lembrou o quê, mulher? Quer me matar do coração?

— Esses três PMs. Eu sabia que esses três nomes não me eram estranhos. Agora eu me lembro de onde conheço eles — Úrsula disse e saiu correndo da minha sala.

Ela voltou 20 minutos depois, com um calhamaço nas mãos.

— Olha isso, Nestor.

Era a cópia de um inquérito sobre a morte de Anita, uma menina de quatro anos de idade, que havia sido atingida por uma bala perdida na favela da Ladeira dos Tabajaras. Os três policiais — Laércio, Adam e Lindomar — tinham sido investigados como possíveis autores do disparo que atingiu a criança.

O exame de balística e o laudo da perícia no local do crime apontavam que o autor do disparo era um dos policiais, sem dizer qual deles. Testemunhas também confirmavam a versão de que o tiro partiu dos PMs.

Mas, apesar disso, o inquérito não fora enviado ao Ministério Público. Os PMs não foram indiciados e continuaram trabalhando nas ruas. O caso acontecera dois anos atrás.

— Esse caso ficou com a Claudia — Úrsula disse, enquanto eu ainda lia as peças do inquérito.

Minha esposa, Claudia, 20 anos mais nova que eu, também era delegada. Ela havia sido assistente daquela delegacia por cinco anos. Sua transferência ocorrera há cerca de um ano, justamente quando eu fui designado para ser titular daquela distrital. Desde que nos casamos, há 15 anos, decidimos que nunca trabalharíamos na mesma unidade policial.

Meus olhos correram rapidamente pelo documento e encontraram o nome e a assinatura da minha esposa como responsável pelo inquérito.

Fechei o calhamaço e fiquei em silêncio por um tempo. Em seguida, pedi que Úrsula me deixasse sozinho no escritório. Assim que a inspetora fechou a porta atrás de si, fiz uma chamada de vídeo para o celular da minha mulher.

Claudia estava fora do país há quatro meses, concluindo um doutorado em criminologia na Universidade do Texas, em Dallas, nos Estados Unidos.

E eu ainda não tinha conversado com Claudia sobre as mortes que eu estava investigando. Essa era outra resolução que havíamos adotado desde o nosso casamento. Nossas investigações policiais jamais seriam assunto de nossos diálogos. Não comentávamos sobre elas nem dentro de casa nem quando saíamos para jantar fora, para caminhar na orla ou para fazer qualquer coisa.

Ela demorou um pouco para atender à ligação. Quando apareceu na tela, percebi que seu rosto estava amassado. Estava dormindo e acordara com a chamada. Eu me esquecera de que já era madrugada e que, mesmo com a diferença de fuso horário, também já passava de meianoite em Dallas.

— Por que você está ligando tão cedo? É uma hora da manhã aqui.

Cortei os cumprimentos e fui direto ao ponto: perguntei sobre o inquérito da menina baleada na Ladeira dos Tabajaras, que ela, de forma irregular, não tinha remetido ao Ministério Público.

Claudia ia começar a responder quando a ligação caiu. Tentei chamar de volta, mas ela não atendeu.

Aproveitei que estava com o celular na mão e fiz uma busca pela internet. O caso da morte de Anita havia tido pouca repercussão. Os veículos de imprensa noticiaram a morte no primeiro dia. No segundo dia, os sites informavam que o pai, Rogério, acusava os policiais de

BALAS PERDIDAS

terem matado a menina. Havia também notícias sobre o enterro.

No terceiro dia, apenas um site noticiava a investigação policial e aproveitava para fazer um perfil da menina.

Depois disso, a história ficou esquecida por um tempo. Um mês depois da morte da menina, um site noticiou que o pai da criança tinha procurado a imprensa para lamentar a falta de empenho dos investigadores e a ausência de punição aos PMs. Segundo a reportagem, ele prometia continuar buscando justiça. "Eu não vou sossegar enquanto a justiça não for feita. Vou fazer tudo o que estiver ao meu alcance pra esses policiais pagarem pelo que fizeram", dizia o pai, em tom de ameaça.

Aquela era a última notícia sobre o caso publicada na imprensa. Mas, escondido na quinta página das buscas, havia o link para uma postagem no perfil da associação dos moradores da Ladeira dos Tabajaras em uma rede social. O texto, publicado uma semana depois daquela última notícia, informava que seu Rogério, pai da menina Anita, tinha se suicidado.

Rogério nunca se conformara com a perda de sua única filha e seus amigos diziam que ele decidira acabar com sua própria vida.

Será que a Claudia sabia daquilo? Por que ela deixara de remeter o inquérito ao Ministério Público, permitindo que os três policiais ficassem impunes mesmo com todas as provas apontando para o envolvimento direto deles na morte da menina?

Já tinha amanhecido aqui no Rio de Janeiro quando Claudia finalmente atendeu à ligação novamente.

Mais uma vez, pedi explicações. Claudia disse que os laudos dos peritos não foram tão conclusivos assim, que o resultado das perícias dava margem para dúvidas e que entendia que os policiais cometiam erros. Ela não queria pré-julgar os policiais e destruir a carreira deles por um erro que qualquer um poderia cometer.

— Mas não cabe a você julgar. Você tinha que concluir o inquérito e encaminhar para o MP. Os laudos são bem conclusivos para mim. Os policiais mataram a criança. Eles mataram uma menina de quatro anos. E você cometeu uma falta grave ao não dar prosseguimento ao processo.

— Agora você é o fodão? O melhor delegado do Rio? Acho que você se lembra da nossa promessa de nunca se meter nas investigações um do outro.

— Me diz que a Kátia não teve nada a ver com isso... — soltei, sem pensar muito no que aquilo poderia acarretar.

VITOR ABDALA 147

A major Kátia era a subcomandante do Batalhão de Copacabana, a chefe dos três policiais que estavam sendo investigados. E ela tivera um envolvimento amoroso com a Claudia num momento que ficamos separados porque nosso casamento experimentara uma crise.

— Não envolve a Kátia, Nestor. Toda vez que a gente discutir, você vai ficar jogando isso na minha cara? Eu fiz o que deveria ter feito no caso dos PMs e não me arrependo.

Ela jurava que nunca mais tinha falado com Kátia desde que retomamos nosso relacionamento. E ela jamais confessaria, mas, no fundo, eu sabia que aquela vaca tinha convencido minha mulher a encerrar o caso.

— Você sabia que o pai da menina também está morto? Ele se suicidou um tempo depois.

Claudia ficou em silêncio por alguns segundos. E, então, vi lágrimas escorrendo por seu rosto. Ela não sabia do suicídio do pai da menina. E ela provavelmente tinha consciência de que fora um erro não encaminhar o processo para o Ministério Público. Senti que ela estava arrependida de ter feito o que fez.

— Eu tinha que ajudar meu irmão, Nestor — ela falou, enfim. — Ele tava enterrado em dívidas. Ele tava devendo trinta mil reais pro dono da boca de fumo lá da Mangueira. Trinta mil reais.

Aquilo me pegou desprevenido. Fiquei sem saber o que dizer.

— Ele tinha que pagar tudo ou iam matar ele. E a Kátia...

O que tinha a Kátia?

— Ela me ofereceu o dinheiro. Ela me deu os trinta mil para eu ignorar as evidências e não levar problemas pro seu batalhão. — Claudia chorava, mas eu não conseguia sentir pena. Estava em estado de choque por saber que minha mulher tinha se corrompido.

— Por quê? — perguntei, depois de algum tempo em que só se ouvia o soluçar de Claudia. — Por que você não tirou esse dinheiro da nossa poupança? A gente tem mais de duzentos mil guardados...

— Porque você ia querer matar o meu irmão. Você nunca gostou dele. Você chamava ele de drogado filho da puta.

— E você aceitou um suborno para liberar os policiais?

— Eu sabia que eles acabariam sendo liberados. Foi um homicídio culposo. Foi uma morte acidental. No máximo, pegariam um regime aberto ou uma prestação de serviços comunitários. E eu queria salvar meu irmão. Tudo aconteceu ao mesmo tempo e não tive muita oportunidade de pensar, de escolher.

BALAS PERDIDAS

— Eles estão mortos agora, Claudia... — eu disse, meio sem saber por quê.

Ela parou de soluçar um pouco e quase pude ouvir as batidas de seu coração.

— Os três foram mortos de forma semelhante. E depois de investigar os três casos, só consegui pensar numa hipótese: bala perdida — eu continuei.

Claudia ficou chocada com aquilo. Pude ver o medo em seus olhos.

Ela disse que estava sentindo um mal-estar e que nos falaríamos mais tarde. Então, desligou o telefone. Não nos falamos mais. Só voltei a ver o rosto da minha mulher novamente no velório dela. Não era possível ver a marca do tiro que a atingiu na têmpora por causa das flores que compartilhavam o caixão com o corpo de Claudia.

Naquele mesmo dia em que nos falamos pela última vez, Claudia foi morta dentro do hotel. Segundo as notícias veiculadas na imprensa local, uma bala atravessou a janela do quarto e atingiu a cabeça da minha mulher. A polícia de Dallas não conseguiu identificar a origem do tiro.

Bala perdida, mais uma vez.

Os céticos dirão que foi um acaso. Alguém deu um tiro para o alto e atingiu Claudia dentro do quarto. Ela estava no local errado, na hora errada.

Mas eu sabia que não era acaso coisa nenhuma. Claudia e os três PMs estavam ligados à morte da menina. Um dos policiais militares matou a criança, provavelmente de forma acidental. Os outros dois ajudaram a encobrir o erro do colega. E minha mulher foi cúmplice daquilo ao decidir não levar os três à Justiça.

Na noite que voltei do cemitério, depois da cremação do corpo de Claudia, deitei na cama, mas fiquei desperto por várias horas. Lembrei-me da minha mulher, de quem não tive a chance de me despedir. Lembrei-me dos três PMs mortos por balas perdidas. E me lembrei de uma frase, dita pelo pai de Anita, a menina assassinada: "Eu não vou sossegar enquanto a justiça não for feita. Vou fazer tudo o que estiver ao meu alcance pra esses policiais pagarem pelo que fizeram."

Sim, aquelas quatro mortes não tinham sido um acaso. As três mortes que eu investiguei, assim como a de Claudia, foram todas arquivadas por se mostrarem inconclusivas. Não havia ninguém que se pudesse responsabilizar por aquelas mortes. Pelo menos não oficialmente.

VITOR ABDALA

Mas eu sabia quem era o responsável. Apenas não podia colocar minha conclusão nos inquéritos porque ninguém me levaria a sério.

Rogério, o pai de Anita, havia cumprido sua promessa. Mesmo depois de seu suicídio, ele tinha mesmo feito tudo o que estava ao seu alcance para conseguir justiçar sua filha.

E quanto a mim, agora finalmente estou aposentado. Só quero agora curtir minha vida e fazer coisas que me dão prazer. Não quero mais saber de assassinatos. Não quero mais saber de cadáveres. Não quero mais saber de balas perdidas.

MARCEL BARTHOLO, ilustrador, quadrinista e artista plástico, pós-graduado em Artes Visuais-Cultura e Criação. Professor em Sorocaba (SP), onde ministra oficinas de desenho e criatividade. Organiza o IlustrA – Encontro Ilustrado e o IlustrA Comic Fest, eventos voltados para os admiradores e profissionais do desenho. Publica constantemente quadrinhos desde 2016. Entre suas obras destacam-se *Carniça*, *Lama* e *Canil*, em parceria com Rodrigo Ramos; a premiada *O Santo Sangue*, com roteiro de Laudo Ferreira (HQ Mix 2019) e *A Necromante*, em parceria com Douglas Freitas, que rendeu indicações como melhor desenhista e colorista (HQ Mix e Ângelo Agostini).